Great
Feeling
in Little Jokes

小笑话
大情感

《故事会》编辑部 编

上海文艺出版社 上海故事会文化传媒有限公司

图书在版编目（CIP）数据

小笑话　大情感：婚恋笑话／《故事会》编辑部编
. —— 上海：上海文艺出版社，2022
　　ISBN 978-7-5321-8490-3

Ⅰ．①小…　Ⅱ．①故…　Ⅲ．①笑话－作品集－世界
Ⅳ．① I17

中国版本图书馆 CIP 数据核字（2022）第 168942 号

小笑话　大情感：婚恋笑话

著　　者：《故事会》编辑部编

主　　编：夏一鸣

副 主 编：高　健

编辑成员：蔡美凤　胡捷　吴艳　杨怡君

责任编辑：蔡美凤

装帧设计：周艳梅

图文制作：费红莲

责任督印：张　凯

出　　版：上海文艺出版社

出　　品：上海故事会文化传媒有限公司
　　　　　（201101 上海市闵行区号景路159弄A座3楼　www.storychina.cn）

发　　行：北京中版国际教育技术装备有限公司

印　　刷：天津旭丰源印刷有限公司

开　　本：787毫米x1092毫米　1/32　印张4

版　　次：2022年10月第1版　2022年10月第1次印刷

I S B N：978-7-5321-8490-3/I.6698

定　　价：22.00元

故事会 大众文化
出版基地
www.storychina.cn

上海故事会文化传媒有限公司 出品（00086）

想看更多精彩故事？
扫码下载故事会APP

如发现本书有质量问题，请与印刷厂质量科联系 T：022-82573686

是它,让平淡的生活多了一种味道

美国的一家咨询机构曾经做过一次别出心裁的调查:
"你身边什么样的人最受欢迎?"本以为对于这个问题的回
答定会丰富多彩、千奇百怪,统计结果却出现了惊人的一致
性:懂得幽默、富有幽默感的人是最受欢迎的。人们都喜欢
与幽默的人一起工作、共同生活,幽默成了智慧、魅力、风度、
修养等高贵品质的代名词。

对于幽默的内涵,一位博友曾有过非常精辟的描述:所
谓幽默是智者在洞悉人情冷暖之后,传达出的一种认识独
特、角度别致、形式上喜闻乐见的信息,从而引起众人会心一
笑的过程。可见,幽默是一种乐观的人生态度、机智的思维

方式、轻松的心态和宽容的胸怀。

一位外国作家曾经提及这样一个故事:如果人群中有一个危险分子,而你不知道他是谁,那么请你讲一个笑话,有正常反应及有幽默感的人大体是好人。可见幽默已经成为衡量人生的重要标准。只有欣赏幽默的人,才能细细品味多彩的生活,悉心感受美丽的人生。

幽默的力量还可以化解生活中的尴尬场面,使人轻松摆脱不快的情绪,更好地树立形象,增加人格魅力和亲和力。一次,美国总统林肯与一位朋友边走边交谈,当他们走至回廊时,一队等候总统检阅的士兵齐声欢呼起来,但那位朋友并没有及时离开,军官不得不走上前来提醒,这位朋友因为自己的失礼涨红了脸,但林肯立即微笑着对他的朋友说:"先生,你要知道也许他们还分辨不清谁是总统呢!"总统这样一句简单的话语,就完全消除了朋友的不安,很快缓和了当时的氛围。

幽默虽不能决定人们的衣食住行,但已经成为生活中必要的调味品和润滑剂。它可以使人们和周围的环境更融洽,让人们始终保持轻松愉快的心情,让平凡的生活充满欢笑。

因此作家王蒙才会如此迷恋幽默,他说:"我喜欢幽默。我希望多一点幽默。从容才能幽默,平等待人才能幽默,超脱才能幽默,游刃有余才能幽默,聪明透彻才能幽默。"幽默倡导了一种全新的快乐理念和生活风尚。

《故事会》杂志多年来一直为广大读者奉献最为精彩的小幽默小笑话,其中所包含的机智的风格、幽默的情趣和达观的态度长久以来影响与感染了一批又一批读者。我们的编辑从这个幽默宝库中,经过前期的选题策划、中期的分类归总、后期的修改雕琢,精挑细选出了上千个笑话精品,于是才产生了这套极具特色的作品集。可以说这套笑话丛书是当之无愧的幽默精品,它凝聚了《故事会》编辑部的所有编辑的智慧与辛劳。

此套丛书以笑话为载体,讲述了人生百态,幽默诙谐,令你忍俊不禁,让读者在轻松幽默的氛围中品味人生、领悟真理。该丛书最大的亮点在于强化了色彩元素,12本书按照内容的定位,每本都有自己的色调。

懂生活才懂幽默,懂幽默才能更好地品味生活。希望这套笑话丛书能够带给广大读者一种全新的幽默体验,营造一种特别的幽默氛围,唤醒我们的幽默潜能,自娱自乐自赏自识,快慰从容地去品味幽默,享受生活。

编者

2022 年 7 月

1. 忠告

一名骑士载着女友，飞快地转进街道。

不久，一辆警车随之跟上。骑士以为是自己交通违规，不想被罚款，于是加快速度，想甩开警车。

最后，骑士仍然被追上了，交通警察下了车，一脸担忧地告诉他："你把你的女友掉在刚刚转弯的地方了。"

2. 担心之事

窗外雷声大作，大雨如注，罗尼紧张地说："糟糕，我妻子出门没有带雨伞！"

"你不用担心……"朋友安慰他说，"她会到附近的百货商店里去避雨的。"

"唉，这正是我所担心的！"罗尼无奈地说。

3. 铁证如山

妻子在整理房间时发现了一张丈夫和一位陌生女子的合影照片，便气愤地询问丈夫是怎么回事。

丈夫漫不经心地说："这是五年前和前女友的合影，我早已经和她断绝关系了。"

妻子勃然大怒："你骗谁呢？难道我去年才给你织好的毛衣，五年前你就穿上了？"

4. 爱好音乐

格林太太十分爱好音乐,于是格林先生买了一架钢琴作为结婚一周年礼物送给她。这件事常常作为夫妻恩爱的典范被朋友们提起。

可是半年之后,朋友们拜访这对夫妇时,意外地发现那架钢琴已经不见踪影。

"我把钢琴卖了,"格林先生私下里解释道,"又买了一支单簧管送给她。"

"这是为什么呢?"朋友们感到不解。

"没有人可以一边吹单簧管一边唱歌。"格林先生说。

5. 特效药

有个情场失意的青年向一位贤哲请教:"老人家,您知道有什么特效药可以治'一见钟情'?"

"当然知道。"贤哲答道,"那就是必须仔细看第二次。"

6. 血本有归

一个生意人,有三个孩子,一天,大儿子走进办公室,对老爸说:"我女朋友怀孕了,要2万块钱去堕胎。"老爸忍痛舍钱,大笔一挥,帮儿子解决了。

接着,二儿子来了,他的脸色比上次哥哥的脸色更难看,他说："昨天我和邻家女孩……被她父亲抓到了，要付5万块遮羞费……"老爸大笔一挥，也帮二儿子解决了。

正在这时，女儿哭着走了进来，说："老爸，我怀孕了。"

老爸立刻眉飞色舞："还是女儿好，这下连本带利全收回来了！"

7. 风雨同舟

有个小伙子在报上登了一则征婚广告，自我介绍后特地补充了一句：欲寻觅一位能与我风雨同舟的姑娘为伴。还留下了自己的电话号码。

第二天，他就收到了这样一则短信：请问这个"舟"是小木船还是豪华巨轮？

8. 更生气

富翁格朗在外面旅行，忽然发了一封电报给妻子："我在外面，听说有一个年轻男子每天夜里到我们家来。我要马上回家查明这件事！"

妻子一看，生怕自己的风流事暴露，吓得手足无措。忽然，她有了主意，对身边的女仆说："老爷回来以后，你就说每天夜里来的那个男人是找你的！"

女仆一听，连忙摇头道："那可不行，太太。老爷知道有男人找我的话,会更生气的!"

9. 真的很爱你

有一位男子给他的女朋友写了封情书。

为了更强烈地表示爱意,他在信封的背面画了很多红心,还用箭串着。

可不幸的是,女朋友在回信中写道:"信封后面的羊肉串是什么意思?"

10. 三味书屋

小张爱好看"闲书"。在他房间的书架上,摆满了许许多多乱七八糟的书。

有一天,小张心血来潮,在一张红纸上写了"三味书屋"四个大字,贴在了书架旁边的墙上。

第二天,小张的女朋友来看他,她走进房间,一眼便看到了墙上的字,于是笑着对小张说:"不错!"被女朋友这样称赞,小张心里自然美滋滋的,但他还是十分谦虚地说:"这字是我写的,实在不怎么样,不要挖苦我了。"

女友回答说:"我不是说字体,我是说字的内容。"

"内容? 这有什么内容,不过是闹着玩的。"小张回答。

"我是说你这屋里的内容和这四个字的内容完全吻合,"

女友接着说，"你看，三味书屋，这屋里刚好有三味：汗腥味，发油味，脚臭味！"

11. 替你害臊

大柱问媳妇要十块钱买烟，他媳妇说啥也不给，这事正巧被大柱他爹看见了。

爹把大柱叫到房里训斥道："你一个七尺多的汉子，兜里竟连十块钱都没有，也不嫌寒碜，爹真替你害臊。这钱别向你媳妇要了，晚上我给你。"

大柱问："爹，你咋不现在就给我？"

爹说："废话，我现在哪有钱，得等到晚上我找你娘要去。"

12. 你是谁

年轻人在一起玩，总喜欢用"帅哥"或"美女"来称呼对方。

这天，小王姑娘在家觉得很无聊，就打电话约男同学出来玩。

电话一通，小王就急不可耐地说："嗨，帅哥，出来玩玩！"

只听电话那头回答："我不做帅哥好多年！"

小王姑娘不好意思地问："那你是谁？"

对方笑了："我是帅哥他老爸。"

13. 少见的情书

安妮收到未婚夫的来信,只见信上写着:"亲爱的,我想念你! 想念你那金色的鬈发,浅蓝色的眼睛,高高的颧骨,还有你左手上的伤疤以及 1.65 米的身高。"

安妮的女朋友见了来信,说:"这封情书确实少见! 你的未婚夫是干什么的?"

"他是在警察局里专门写寻人告示的。"安妮回答。

14. 新婚之夜

一对新婚夫妇开始了他们的蜜月旅行,他们来到了一个旅游胜地。

晚餐过后,新郎便迫不及待地上了床,但是新娘却拖来一把椅子坐下,望着窗外的星星。

丈夫奇怪道:"你不睡觉吗?"

"不!"妻子回答,"妈妈告诉我,这是我生命中最美妙的一个晚上,我不想错过它的一分一秒。"

15. 调查结果

华尔街有位富商爱上一位当演员的华纳克小姐,他和她跳了好几个月的舞,并经常带她到当地名流聚居的场所。他打算与她结婚。

可是富商担心她有什么丑闻会使他本人名誉上有丝毫损失,于是他雇了一名私家侦探专门去调查她过去的历史。

不久,他接到委托人捎来的报告。报告中写道:"华纳克小姐名声很好,洁白无瑕;她的朋友也没有一个犯过错误,只是有段不光彩的丑闻——就是最近几个月,有人时常发现她和一个名声不好的商人混在一起。"

16. 曾经瘦过

有一个女人长得很丑,而且没有口德。

一次去相亲,男主角迟迟未出现,这女人等得不耐烦,就开始破口大骂。

一会儿,男主角来了,女人见他是个胖子,更是火了:"死胖子,丑男人……" 男主角终于发火了:"你竟然敢骂我,哼,至少我曾经瘦过,你……漂亮过吗?"

17. 庆祝生日

王经理与李经理是好朋友,某日,他俩聚在一起。李经理见王经理神情沮丧,便询问发生了何事。

王经理叹气道:"昨天是我生日,我的女秘书请我去她家给我庆祝生日。"

"那不是很好吗?"李经理问。

"到了她家,她让我在客厅先等一会儿,五分钟后进卧室找她,说要给我一个惊喜。"王经理兴奋地说。

"那不是更好吗?生日交上桃花运了。"李经理表示羡慕道。

"我当时也是这么想的。可五分钟后我走进卧室,发现我的女秘书和其他职员都在里面,捧着生日蛋糕等着我呢。"王经理十分沮丧。

"这也不错呀,你的职员都很爱戴你,你应该高兴才是。"李经理更羡慕道。

王经理气愤地说:"可当时我是脱光了衣服之后才进去的。"

18. 前任

经理夫人走进办公室,问:"您是我丈夫新聘的女秘书吗?"

"是的,太太。"那个秘书回答。

"希望您好好工作,不要像您的前任那样超越自己的工作范围。"经理夫人叮嘱道。

"我的前任是谁?"秘书问。

"是我……"经理夫人回答。

19. 谁看得仔细

一对新婚夫妇到郊外旅游,途中经过一个大湖,妻子看到湖中一对白鹅,相依相伴,亲亲热热,便感慨万分地对丈夫说:"亲爱的,你看它们多么恩爱,形影不离,但愿我们也像它们一样!"

丈夫一言不发,继续开着车子向前走。

傍晚,在返回途中,他们又经过那个大湖,又看到那对白鹅,妻子又说:"亲爱的,你看,它们相处在一起,多么甜蜜,多么幸福,但愿我们也同它们一样!"

这时,丈夫终于开口了:"亲爱的,你再仔细看看,母鹅已经不是早上那只了。"

20. 人有远虑

一位太太想画肖像,丈夫给她找来了最好的画家。她要画家在画像里,给她画上项链、耳环、头饰等。

而事实上,她并未戴这些金银首饰。画家同意了,但问道:"干吗要这样呢?"

太太答:"这是为了以防万一。也许我比丈夫死得早,他的新太太会找他要这些宝贝的。"

21. 后悔

庆祝结婚50周年时,妻子注意到丈夫眼中有泪,便问道:"我从未发现你的感情这样丰富。"

"不是的。"他抽泣道,"还记得吗? 当年你父亲在谷仓里逮住我时,他说要是我不娶你的话,他就要让我坐 50 年的牢。唉,如果我当初不娶你,我今天就自由了。"

22. 一楼和二楼

一个年轻的鼓手刚结了婚,小两口儿找到一幢两人都满意的新公寓。

但是在住第几层的问题上,两个人的意见不一致。新郎想住一楼,因为有个小花园。新娘认为一楼太喧闹,还是二楼合适。最后,他们搬进了二楼。

搬好家之后,他们举行晚会,庆祝乔迁之喜。来的客人很多,鼓手所在乐队的朋友们都来了。还带来了各自的乐器。客人们在乐队的伴奏下,唱呀,跳呀,尽兴玩乐,忘记了时间。

刚过午夜一点,电话响了。女主人接完电话,满面笑容地对新郎说:"是刚搬进一楼的那家来的电话。他抱怨闹得睡不着觉。你瞧,还是我的意见对吧?"

23. 爱情全过程

小茶客因为要准备一篇发言稿,于是就何谓"爱情历程"的问题向老茶客请教。

老茶客对小茶客说:"这有什么说不明白的?譬如你太太同你刚认识时,你叫她'李素芬';关系进了一步,就改叫'素芬';

接过吻之后,叫'芬';上了床,叫'芬芬';蜜月时,就'芬芬、心肝儿、肉肉'混叫;生过孩子,又还原为'芬';人老色衰,叫'素芬';闹离婚时,指名道姓叫'李素芬';法院判决后,又回到最初的'李素芬同志'。怎么样,这么说你该懂了吧?"

24. 推销员的恋情

一个洗发水推销员经人介绍前往公园约会,见对方是一个长发飘飘的美女,十分欣喜,说到情动之处,推销员便对美女动手动脚。

不料美女一脚把他踢倒在地,怒道:"小色狼,你姑奶奶可是跆拳道黑带。"

推销员叹了口气:"原以为遇上个'飘柔',没想到碰上个'力士'!"

25. 重新划火柴

一个男子在他亡妻的墓碑上刻了这样一句话:"我的生命之火已经熄灭……"不久,他又娶了一个妻子。

这天,他带着新娶的妻子到前妻的坟墓上去祭奠,这位新太太看了碑文,用很不高兴的口吻说:"你的生命之火真的熄灭了吗?"

"是的,"他答道,"但我现在重新划了根火柴。"

26. 不能容忍

"我该怎么办呢?"一个正在谈恋爱的小伙子向朋友讨教,"母亲对我带回家的每个女朋友都不满意……"

朋友告诉他一个好办法:"你选择一个各方面都和你母亲相似的姑娘试一下。"

小伙子哭丧着脸说:"我已经试过了,但我父亲对这样的女人一刻也不能容忍!"

27. 友好的同情

年轻的妻子满面愁容。

"你怎么啦,亲爱的?"已经结婚十年的女友问。

"噢,我感到非常痛苦,丈夫整个晚上都不在,而我一点儿也不清楚他现在在哪儿。"

"唉,这不该使你焦急不安。"女友面带微笑地回答,"要是你知道他现在在哪儿,大概你会感到更加痛苦。"

28. 口气相同

宴会中,一个先生几杯酒下肚,就飘飘欲仙地走到一位妇人身后挽起了她的胳膊:"请您跳个舞。"

当妇人回头时,他说:"对不起,我以为你是我老婆。"

"我为她感到遗憾,"妇人生气道,"你是一个典型的不称职的丈夫。"

"真怪，"他吃惊道，"你甚至连说话口气也像我老婆。"

29. 新发现

刘平像发现新大陆一样兴奋地对妈妈说："姐姐在很黑的地方也可以看得见东西！"

"你是怎么知道的？"妈妈问。

"昨天晚上，她和一个男生坐在没有开灯的客厅里，我听见她对那人说：'你又没有刮胡子。'"刘平说。

30. 没良心

丈夫出差回来，妻子问："这么久才回来，在外面想我吗？"

"咋能不想啊！出差一个月，整整30天，天天都在想你！"丈夫回答。

妻子一听跳了起来："好啊，你这个没良心的，上个月是大月，有31天，老实交代，还有一天你在想谁？"

31. 吃苦的人

母亲对女儿说："我希望你找一个能吃苦的人。"

女儿回答："妈，我那个男朋友就是这种人。"

母亲好奇地说："哦，你倒说说看。"

女儿认真地回答："他喝咖啡不放糖。"

32. 走投无路

简和安娜久别重逢,两人聚在一起正聊得起劲。简问安娜："你当时怎么会嫁给尤万的呢?"

安娜哀叹道:"因为我当时走投无路了。"

简又问:"那你现在为什么又要跟他离婚呢?"

安娜又深深叹了口气:"因为他现在走投无路了。"

33. 长处

女儿交了个男友,母亲埋怨道:"你那个男朋友不会挣钱,只会享受,将来你跟他怎么过日子?"

女儿说:"妈,你也要看到他的长处。"

"什么长处?"母亲问。

"他身高一米八。"女儿回答说。

34. 扫兴

甲乙两个未来的父亲神情焦虑地在医院产房门前踱来踱去。

甲说:"我爱人早不生,晚不生,偏偏在我假期里生孩子,把我的打猎计划全都给破坏了,太扫兴了!"

乙听了火气更大了,说:"我才扫兴呢!"

甲问:"怎么扫兴?"

乙答:"我的妻子竟在和我共度蜜月时生孩子,你说扫兴不扫兴?"

35. 先问清楚

监狱里,看守对一囚犯说:"57号,你老婆来探监,在会客室等你。"

57号囚犯问:"请您告诉我,来看我的女人叫什么名字?"

"你难道不知自己老婆的名字吗?"看守惊讶地问囚犯。

"我知道,"囚犯解释道,"只是——我是因重婚罪而入狱的。"

36. 经理和秘书

副经理不解地问总经理:"听说你把女秘书辞了,她犯了什么错?"

"我对她说'我爱你',"总经理接着说,"结果她很快把这句话打印了出来,并让我在上面签字。"

37. 评论

女人评论男人:告诉男人什么事情,他会从一只耳朵进去,从另一只耳朵出来。

男人评论女人：要是告诉女人什么事情，她会从两只耳朵进去，再全部从她的嘴里出来。

38. 计算题

埃里卡正在和女友讨论"个人理财"的问题，他问女友："你怎样支配家用钱？"

女友毫不考虑地说："40%用于房租，30%用于吃饭，30%用于汽车，20%用于娱乐。"

埃里卡疑惑地说："但这加起来是120%！"

女友接着回答："没错，这就是我的难题。"

39. 吃鱼与钓鱼

餐桌上，丈夫正夹着一块嫩滑鲜美的鱼肉送入口中，妻子在一旁看着埋怨道："你现在怎么老是挑鱼身上的好肉吃，记得我们谈恋爱时，你最爱吃鱼头鱼尾。"

丈夫毫无顾忌地说："情况不同了嘛！现在我的目标是吃鱼，当时的目标是钓鱼。"

40. 饶了他吧

女儿正考虑着结婚的事，父亲语重心长地对她说："女儿呀,你挑的那个小伙子是孤儿,还又聋又瘸。别嫁给他了。"

女儿辩解道:"我并不想找美男子。"

"我不是这个意思。"父亲同情地说,"人家已经够惨的了,你就饶了他吧。"

41. 含糊其词

刚成年的女儿冷不丁问母亲:"娘,啥叫'三角恋爱'呢?"

母亲猛一愣怔,急忙含糊其词回答:"两个人的任务,三个人完成!"

42. 一路货

女儿把自己的未婚夫介绍给父亲。

待他走后,父亲问:"你未来的丈夫挣多少钱?"

"你们男人都是一路货!"女儿嗔怪道,"我与他才相识时,他问的第一句话也是:'你父亲挣多少钱?'"

43. 歌迷

母亲问女儿:"你有对象了,怎么不告诉妈?"

"谁说我有对象了?"女儿感到奇怪。

母亲振振有词道:"你不是常跟人家说,你喜欢刘德华。刘德华是啥样的,你不妨叫来,让妈瞧瞧。"

44. 婚典目的

刚参加完朋友婚礼的妻子问丈夫："结婚本是一男一女两个人的事,可为什么结婚典礼搞得那么张扬,生怕别人不知道呢?"

丈夫说:"结婚的事儿当然要让大家知道,免得有人再来向新郎新娘求婚。"

45. 有无才华

妻子带着丈夫去参加同学聚会,丈夫问妻子："你为什么总在别人面前说,是因为喜欢我的才华,才跟我结婚的? 我自己却认为自己啥才华也没有呢?"

妻子说:"你要钱没钱、要貌没貌、要社会地位没社会地位,我若是再不说你有点才华,那你不是连找老婆的资本都没有了吗?"

46. 为妻着想

一天,妻子突然问丈夫："你知道我为什么要嫁给你吗?"

"免得当一辈子老处女。"丈夫回答。

妻子又问："世上那么多的女子,你为什么非要选择我做你的妻子?"

"也是怕你当一辈子老处女。"丈夫又答。

47. 对立统一

妻子正在看一本爱情宝典,突然问丈夫:"你觉得幸福的婚姻应该是什么样子的?"

丈夫说:"幸福的婚姻就是男人能娶到一位像你一样的妻子,女人能找到一位像我一样的丈夫。"

妻子看了看丈夫,又问道:"那你觉得不幸的婚姻应该是什么样子的?"

丈夫连看都不看妻子,懒懒地说:"同上。"

48. 诺言难践

妻子质问丈夫说:"咱俩谈恋爱时,你曾对我说过,我若是嫁给你,要天上的月亮,你也会摘给我;现在我已经嫁给了你,可你答应给我摘的月亮呢?"

丈夫望了望窗外说:"不是我不想给你去摘,问题是月亮它老在夜里出来,而你又不赞成我摸黑去干那些特别冒险的事儿。"

49. 婚姻新解

妻子看到爱情宝典里的一句话,于是问丈夫:"有人说婚姻是爱情的坟墓,你说婚姻是爱情的什么?"

丈夫想了想说:"说婚姻是爱情的坟墓的人,未免对婚姻太没信心了。依我看，婚姻只能算是爱情的床铺，它能让爱情昏睡过去，也能让爱情苏醒过来。"

50. 接吻目的

妻子问丈夫："为什么男女之间在恋爱时，一见面就想接吻，结婚之后，却不怎么接吻了？"

丈夫狡猾地对妻子说："恋爱时，男女一见面，就想知道对方吃的是什么饭菜，可问又问不出口，所以就通过接吻的办法用舌头去探测一下。结婚后，两口子吃的是一样的饭菜，因此接吻自然就用不着了。"

51. 语言暗示

丈夫因赶稿子的原因，一连几天没搭理妻子，于是妻子便对丈夫说："从明天起，我回娘家住几天。"

丈夫不解地问："你回娘家有什么事吗？"

妻子很随意地说："没有，反正在你这里我也没有什么用，还不如回娘家找一找当姑娘时的感觉。"

52. 女人男人

妻子正在看一期关于情感问题的栏目，她对丈夫感叹道："在我们女人看来，女人和女人根本就没有太大的差别，可你们男人为什么大多喜欢朝三暮四呢?"

丈夫反驳道:"正因为你们女人和女人之间没有太大的区别,谁跟谁都差不多,我们男人才可以朝三暮四嘛。"

53.缺少比较

一天,妻子打扮得光鲜亮丽,含情脉脉地看着丈夫,说:"对你来说,我是不是天底下最可爱的女人?"

丈夫想了想,说:"我又没跟别的女人在一起生活过,一点比较都没有,我怎么能知道你是不是天底下最可爱的女人?"

54.适得其反

周末,妻子正忙着打扫屋子,只见丈夫躺在沙发上悠闲地看着电视,于是抱怨说:"女人嫁给男人,本来是想得到男人的关怀和照顾的;可结了婚之后,女人却在关怀和照顾着男人,你说这叫什么?"

丈夫回答:"这就叫适得其反。"

55.玫瑰花

大街上,安娜看到一个年轻的小伙子手里拿着一朵玫瑰,于是对南希说:"有人拿一朵玫瑰花在街上走,那肯定是去见他的女朋友!"

南希说:"如果拿好几朵玫瑰呢? 说明他有好几个女朋友吗?"

安娜回答:"不,这只能说明他对女朋友感情很深。"

南希看了看街上一个捧着大堆玫瑰花的小伙子,问:"那么,如果一个人拿了很多很多玫瑰花,他一定是个坠入情网的人了?"

安娜回答:"不,他肯定是个卖花的!"

56. 生日难记

妻子的生日快要到了,她试探着问丈夫:"你能说出我的生日来吗?"

丈夫说:"当然了。"

妻子一听高兴,接着又问:"那你说说我是哪年哪月哪日生的?"

丈夫看了看妻子说:"既然你连自己的生日都忘了,那我还是不告诉你的为好,免得告诉你之后,我还得破费……"

57. 两次婚姻

约翰正在跟朋友诉说心中苦恼:"我的两次婚姻都失败了。"

朋友问:"怎么啦?"

约翰说:"第一个老婆,走了。"

朋友接着问:"第二个呢?"

约翰哭丧着说:"她不肯走。"

58. 发行日期

两个家庭主妇闲聊着他们邻家的那位姑娘。

"现在的姑娘就是怪,这么年轻、漂亮,放着小伙子不嫁,偏偏要嫁给老头子做老婆。"一个主妇说。

另一个主妇说:"这有什么奇怪,这正如人们需要钱,却从来不看它的发行日期一样。"

59. 弄巧成拙

新婚前一夜,女儿正在房里和妈妈整理准备。"噢,妈妈……"新娘突然叫道,"新婚之夜要在弗兰德面前脱衣,那多难为情啊!"

母亲只是微笑:"别担心,宝贝。我嫁给你父亲时,也碰到过这种情况。教你一个方法:当你在旅馆房间里感到紧张时,他可能会说,他得去大厅有点事。他走了以后,你就做准备,赶快跳上床,当他回来时,一切都已妥帖。"

果然,第二天晚上两人在旅馆亲亲热热地说了一会儿话后,新郎弗兰德离开房间去了大厅。他一走,新娘就忙乎开了,等到新郎回来,她已上了床,坐进了被窝。

"你在干什么?"新郎疑惑地瞪了新娘一眼,又看了看表,"我们还没有进晚餐呢!"

60. 时代不同

在谈及儿女婚姻问题时,老张非常感慨地对老王说:"现在真是时代不同了,什么都在变。"

老王问:"具体指哪一方面?"

老张道:"想当年我们结婚时,都坚决反对父母包办婚姻。可现在你看年轻人,都坚决拥护父母包办婚事。"

61. 学侦探

索菲亚最近疯狂地迷上了看书。有一次,她正在花园里看书,一位邻居问:"你手上拿的是什么书?"

索菲亚说:"《福尔摩斯探案集》。"

邻居有些吃惊,问:"你怎么忽然对侦探小说感兴趣了?"

索菲亚跑到邻居跟前,神神秘秘地说:"我丈夫开始藏私房钱了。"

62. 寄钱

热恋中的儿子写信给吝啬的父亲:"亲爱的爸爸:如果您还

爱我的话,请寄 20 先令,我要同未婚妻拍张订婚照,然后把照片寄给您。"

父亲回信说:"亲爱的孩子,我准备寄给你 10 先令,你只需把未婚妻的照片寄给我就行了,至于你,不看照片我也记得你的模样。"

63. 多情

法庭上,法官正在审理一桩离婚案。法官问妇女:"你为什么要求离婚?"

妇女回答:"因为我的丈夫又浪漫又多情。"

法官说:"许多妇女都渴望能有这样一位丈夫。"

妇女接着回答:"她们是的。这就是我为什么要离婚的原因。"

64. 一劳永逸

珍妮和琼斯正聊着自己的终身大事。珍妮说:"如果我有权决定自己的婚礼,我就按照自己的方式把客人分开。"

琼斯有些疑惑,问:"你的方式是什么?"

珍妮说:"我会把客人分成两组,一部分认为我们结合是正确的,另一部分认为我们结婚会毁掉我们一生。"

琼斯问:"那有什么用呢?"

珍妮回答："那样的话,如果离婚了,我就知道该请谁。"

65. 防止再来

有个漂亮的女推销员业绩惊人,同行们都向她讨教推销方法。

她说:"我每次上门,都同那个家庭的男主人讲明商品用途,然后说这次不必急着买,以后我会再来。这时候男主人总是很高兴,而女主人则马上掏钱买下。"

66. 怀孕了

有个女孩去看妇产科。

医生说:"太太,恭喜你,你怀孕了,也请转告你的丈夫,恭喜他要做爸爸啦!"

小姐回答:"医生,我还没有结婚啊!"

医生改口说:"那就转告你的男朋友。"

小姐回答:"医生,我也没有男友啊!"

医生于是说:"那么就转告你父母,说第二个耶稣诞生了!"

67. 早婚

母亲对女儿的早恋行为非常不满。在一个特殊的日子,母亲向朋友抱怨起自己的女儿:"16岁就交上朋友了,但她却忘记了我 32 岁的生日。"

68. 出乎意料

布莱尔上校回到家中,发现妻子安娜正和情人西蒙在卧室里谈笑。他大怒,指着西蒙,骂道:"混蛋,你给我滚出去。"

西蒙也不示弱:"滚出去的应该是你,安娜爱的是我。"

布莱尔仍大骂不止,西蒙提出用决斗的方式决定谁拥有安娜。

他们来到另一个房间,西蒙说:"咱们朝空中放枪,然后躺在地上装死,看安娜进来后先到谁身边,就说明她爱谁,谁就拥有她。"

两声枪响之后,安娜跑进来了,发现他俩都倒在地上,顿时欢呼着跑到大衣柜前喊道:"亲爱的,出来吧,他们两个都死了。"

69. 同样的选择

电台节目主持人征求听众意见。问题是:如果流落在孤岛上,你愿意和谁在一起。

新婚不久的少妇回答,愿意和明星约翰·詹姆斯在一起。少妇的丈夫大感意外,问她为什么不选他。

她说:"你敢和猛兽搏斗吗? 你能用浮木搭房子吗?"

他想了一会儿说："这样说来,我也要选约翰·詹姆斯。"

70. 头件大事

工地主任拍拍第一天上工的民工肩头,说:"好好干,切记,头件大事是注意安全。"

"主任——"民工低着头,羞羞答答地说,"俺娘说,干好了,头件大事是替俺娶媳妇。"

71. 对象

介绍人介绍男女双方见面,女方长得很丑,佝偻着腰,走路一拐一拐的。

男方见了低声埋怨介绍人:"干吗不介绍一个好看点儿的?"

介绍人不耐烦地说:"大声点,没关系,她听不见。"

72. 对不上茬

两个妇人碰到一起,正聊着邻居家的事。

"他俩谈恋爱谈了很长时间,可是一直没有结婚。"一个妇人说。

"什么原因?"另一个妇人问。

"他喝醉的时候,她不想嫁给他;他清醒的时候,又不愿意娶她。"

73. 词汇量的变化

三个小伙子正在酒吧里闲聊。

"我觉得自己的词汇太贫乏了。"最年轻的小伙子说道。

"别担心,等你爱上一个姑娘的时候,你的词汇量至少会增加一倍。"热恋中的小伙子应道。

"的确如此。而且结婚后,为了找各种借口,你的词汇量又会增加一倍。"结了婚的小伙子叹着气说道。

74. 情书

成子暗恋小惠已经两年了,可是始终没有勇气向她表白。在朋友的鼓励下,他终于写了一封充满爱意的情书。

可是,几次见到小惠,那只紧握情书的手总是无法从口袋里拿出来。就这样,错过了好几次机会,情书已变得皱皱巴巴。

终于有一天,不知是哪儿来的勇气,成子一见到小惠,便把那封皱巴巴的情书塞进她的手里,然后慌忙逃窜。

第二天,小惠打来电话,说要跟成子见面。成子心情既是兴奋又是紧张,昏暗的路灯下,他们见面了。

小惠看着忐忑不安的成子,问道:"昨天,你塞给我一百块钱干吗?"

75. 可以等待

一对情侣在月色下相拥而坐,女的一看男友要来吻她,忙挡住他的嘴说:"不行,在结婚之前,你不能这样做!"

"那好,"男友掏出一支笔说道,"我可以等待,我把电话号码留给你,等你结婚以后通知我一声!"

76. 忌讳问题

一对男女青年正在谈恋爱。

男青年问:"亲爱的,你芳龄多少?"

女青年说:"我最忌讳别人问这个问题了!"

男青年问:"为什么呢?"

女青年回答:"没有什么,就好比我问你钱包里有多少钱一样。"

77. 一部分

一对男女第一次见面。见面前,女的就听说男的是大款。

女人端详了大款许久,问:"你真的只有两万元存款吗?"

"这只是我存款的一部分。"大款接着问,"你真的只有25岁吗?"

女人回答:"这只是我年龄的一部分。"

78. 一误再误

某青年写了一封情意绵绵的信,焦急地等待心仪女孩的回复,他来到女孩的家门口,抓住一个孩子问:"我的信……你有没有交给你姐姐?"

孩子回答:"我姐姐不在家……我交给爸爸了。"

青年一惊:"哇!那你爸爸怎么说呢?"

孩子支支吾吾地说:"我爸很生气……叫我退还给你。"

青年忙问:"那信呢?"

孩子回答:"昨天你不在家……又交给你爸爸了。"

79. 美得无法形容

深夜里,巴维尔和巴芙琳娜紧紧依偎着,漫步在街头,巴芙琳娜呼了一口气,拖长了声音说:"啊,巴维尔,如果我们结了婚,那不是太美了吗?我们之间有的是爱情。我们只要有口饭吃,有口水喝就能生存。"

巴维尔把他心爱的人儿搂得更紧了,他安慰她说:"当然喽,那会美得无法形容的,只要你愿意赚钱买饭吃,我就愿意赚钱买水喝。"

80. 有备无患

三个女店员在讨论,如果一个人在遭遇海难后,愿意和哪一种男人生活在荒岛上。

"我愿意和一个会谈天的人在一起。"第一个说。

"是不错。"第二个说,"可我愿意和一个会打猎和会烹饪的男人在一起。"

第三个笑着说:"我要和一个妇产科医生在一起。"

81. 远见

女友羞答答地对男友说:"亲爱的,婚后我可以分担你的烦恼和忧虑,还可以减轻你的工作负担。"

"亲爱的,放心吧,我并没有任何烦恼、忧虑和负担!"

"那你是说不肯跟我结婚了吗?"

"什么意思?"

"因为婚后,这一切你都会有的!"

82. 潜台词

一个花花公子对一位和他共进晚餐的漂亮女郎说:"明天早上你愿意和我一起吃早饭吗?"

"愿意。"她答道。

"好的,"花花公子说,"那我是打电话叫醒你,还是直接用手把你推醒?"

83. 早什么

傍晚,邻居看到一位 17 岁的姑娘跟她的男友在一起,问道:"你这么早就在谈恋爱啦?"

"早什么,"姑娘说,"我们晚饭都吃过了。"

84. 选择

记者和火车司机同时向一个姑娘求婚,姑娘拿不定主意,就去问她的母亲。母亲坚持要她嫁给火车司机。

姑娘问:"为什么?"

母亲说:"你难道没听说过当记者的最爱'喜新厌旧',而火车司机每天都提醒自己'不要出轨'吗?"

85. 三字经

一个花花公子约了一位年轻的女士外出,第二天,有人问他结果如何,他抱怨说:"她对我说的'三字经'实在太多。"

"什么'三字经'?"

"整个晚上她都说'别这样''不许动''放开手'……"

86. 再看一会儿

一个小伙子去女友家看望女友。女友的父母有意避开,让他俩单独在客厅里谈情说爱。当他俩亲吻的时候,小伙子发现女友的小妹妹正站在门口好奇地看着。

"小妹妹，你上床睡觉吧，我给你一块钱。"小伙子说。

小妹妹没有要钱，一声不吭地跑开了。

过了一会儿，她又走回来，说："我有一块钱，让我再看一会儿吧。"

87. 远见

一位姑娘在一个小伙子身边坐下，说："我可不是那种目光短浅，结婚时要这要那，讲排场，比阔气的人。你放心吧，我啥也不要啦！"

小伙子高兴地说："真好！你啥时候想通的？"

姑娘说："自从知道你'体彩'真的中了500万大奖以后，我就看得远了。"

88. 三张电影票

周末，小伙子都要到女友家中问候。这一次，小伙子特别兴奋。

"我们终于可以在一起了，"小伙子讨好地对女朋友说，"我买了三张电影票。"

"为什么买三张呢？"女朋友问。

"你爸一张，你妈一张，你弟弟一张。"小伙子说。

89. 道歉信

一对热恋中的男女,相约去吊祭一位长辈,后来两人闹情绪,出殡的那天只有男的一人去了殡仪馆,看不到女的,男友越想越觉得不对,就写信给女的道歉。

谁知女的看了信,更加火大,你知道这男的是怎么写信的吗?

"亲爱的,昨天原本去殡仪馆是想看你,没想到看不到你,心中好难过。"

90. 我生病了

一个女孩子一直暗恋着一位医生,为了见到这位医生同时引起他的注意,她每天都去找这位医生看病。

可是,这一个星期以来这个女孩都没出现,医生正觉得奇怪时,她终于又出现在医院门口了。

医生很好奇地问她为什么这几天都没来,女孩答道:"因为我生病了。"

91. 投缘的

腼腆的大勇终于鼓起勇气问心爱的女孩:"你喜欢什么样的男孩?"

女孩说:"投缘的。"

男孩伤心地说："头扁一点不行吗？"

92. 梦中的女孩

一个上大学的年轻人给母亲打电话,激动地宣布他刚刚遇到了梦中的女孩,如今却不知该怎么做。

母亲想了个主意："为什么不送她鲜花,然后在卡片上邀请她去你的公寓品尝你亲手做的饭菜呢?"年轻人认为这个策略很棒,决定这么做了。

一周后,女孩果然来赴约了。

次日,母亲打电话了解进展。

"我真是羞愧极了,"年轻人哀叹道,"她一定要洗盘子。"

"那有什么不对?"

"可是——"年轻人含糊地说,"我们还没有开始吃呢。"

93. 博士后

维娜正与一个博士后谈恋爱,一次午后散步,路过一家花店,维娜别有用心地走进去,看看这朵,又嗅嗅那朵,博士后耐心地跟在后面。终于,维娜拿起一束红玫瑰问男友:"好看吗?"

博士后老实答道:"好看。"

维娜再次诱导地问:"真的好看吗?"

博士后肯定地点点头,仍无任何行动。

维娜急了,忍不住提示他:"我也觉得很好看,而且非常喜欢。"

博士后十分诚恳地说:"喜欢,那就多看一会儿。"

94. 辨认不出

海军上尉是一个威武英俊的年轻人,令许多姑娘为之倾心,她们都愿意跟他交朋友。

一天,他接到一封信,当他读完这封信时,脸色十分难看。

周围的人就问他:"出什么事了吗?"

"有位女朋友的父亲写信来警告我,不许我再与他女儿来往,否则,他就要开枪打死我。"

"那你就和这位姑娘断交呀。"

"关键是我不知道那个女孩是谁啊。"

95. 不幸中的大幸

妻子一回家,丈夫就对她说:"今天真是不幸中的大幸。"妻子忙问:"怎么回事?"

丈夫说道:"咱们的驴子不见了。"

妻子说:"怎么还有大幸?"

丈夫说道:"幸亏当时我没有骑驴上,不然连我也丢了。"

96. 终身只能单身

德国杰出的自然科学家亚历山大·洪堡德在喀山拜访俄国非欧几何学的创建者罗巴切夫斯基时,问:"为什么您只研究数学呢？据说你对矿物学造诣很深,您对植物学也很精通。"

"是的,我也很喜欢植物学,"罗巴切夫斯基回答说,"将来等我结了婚,我一定搞一个温室……"

"那您就赶快结婚吧。"

"可是恰恰与愿望相反,植物学和矿物学的业余爱好使我终生只能是单身汉了。"

97. 打架原因

有个女孩从学校舞会回家,她母亲问她玩得如何。

"还好,"女孩说,"只是两个男孩子为我打了一架。"

母亲暗喜女儿受人欢迎,又听女孩说:"他们都不愿意跟我跳舞,互相推对方过来。"

98. 恋爱短曲

某杂志社正在搞征文,题目是"请以最短的文字叙述你的恋爱经过"。

一次,某编辑接收到一封稿件,打开一看,忍俊不禁。某人的文章如下:

初恋：心里眼中只有她；

热恋：妈妈叫我向东,情人叫我向西——向西；

失恋：爱人结婚了,新郎不是我。

99. 你这么爱我

一对男女正在热恋中。

男子深情地对女子说："从我和你相识的那一刻起,我就不再喝酒,不再抽烟……"

女子含泪感动地说："你这么爱我？"

"不，"男子解释道，"我再没有钱抽烟喝酒了。"

100. 折中方法

一对恋人谈论着结婚的事。女的坚持说,婚后要拥有一辆新型小轿车。男的表示,经济能力不许可,不过,他提出一个折中的方法。

他说："亲爱的,你是否喜欢乘坐一种比小轿车的马力大得多,另有司机驾驶的汽车？"

女的连忙说："那当然很好。"

男的说："一言为定,我们婚后乘公共汽车。"

101. 是否真心

一对男女正在举行婚礼。

证婚人问新郎："你是否真心爱新娘？"

新郎激动地回答："当然是真心的。"

证婚人接着问新娘："你愿意永远跟随丈夫，直到死亡？"

"不，"新娘诚实地回答，"我不能每天都跟着他去挨家挨户投递邮件。"

102. 第二眼

约翰正向彼得诉说着他的爱情。

"几天前，我遇见了一位姑娘，我看见她第一眼就爱上她了。"彼得说。

"那好啊！可是你为什么没娶她呢？"约翰问。

"我又看了她第二眼。"彼得回答。

103. 吻椅子

在浪漫幽暗的咖啡厅里，一对情侣正在喁喁私语。情到深处，男的要吻女的。

女的说："亲爱的，你能否把眼镜摘下来？它弄痛我了。"

"好的。"男的摘下眼镜后又忘情地吻起来。

过了一会儿，女的说："亲爱的，你还是戴上眼镜吧，你现在吻的是椅子,不是我。"

104. 求爱真难

小平头费了九牛二虎之力,给心仪的女生写好一封情书。

他在最后添上:"我答好这份考卷,静候你的录取通知!"

没过多久,回信来了,信上只有四个字:"名额已满。"

小平头不死心,又发了一封信:"那我报名下一期怎么样?"

这次的回信是:"等下期开学再说!"

105. 爱情飞机

一天,阿康实在忍不住了,给他的梦中情人写了一封情书:"我的爱情飞机已经抵达,你能接受吗?"

他把情书折成一只纸飞机飞给了那个女孩子。

第二天,阿康看见自己桌子里有一张便条,赶忙打开一看,只见上面写着:"你的飞机在中途遭遇恐怖分子的袭击,已经坠毁。为了飞行安全,本航线决定全线停飞,请勿再来。谢谢合作。"

106. 求婚新法

害羞的约翰逊久久不敢向女友求婚,女友忍不住问道:"约翰逊,你是不是有话对我说?"

约翰逊吞吞吐吐地说:"是……是的,我想……想问你,你愿意死后葬到我家的祖坟吗？"

107. 情怯

一个怕羞的男人，始终没有勇气向他所爱的女人表白。而这个女人非常了解和爱他，便常常制造机会，让他表示出他的爱，但男人始终无法利用她所制造的机会。

有一天晚上，男人和女人坐在公园的长椅上，男人照例又是无语。女人忍不住又制造机会，对他暗示道："据说男人的一条手臂的长度，与女人的腰围相等，不知你信不信？"

"是真的吗？"男人答道，"可惜我没有带把尺子来量一量。"

108. 刚刚失火

一对男女初次约会，整晚都相对无言。最后男的终于忍受不了，偷偷地请朋友致电找他。

听完电话后，他神色凝重地对那女孩说："对不起，我家刚刚失火，我必须赶快回家。"

女孩说："真是谢天谢地，如果你家再不失火，我家就得失火了。"

109. 需要

一个穷小伙子看上了一个姑娘，要娶她做新娘。

姑娘的父亲不大乐意,质问小伙子:"你有能力供给我女儿所需要的一切吗?"

小伙子信心十足地回答:"有能力,你女儿说她在这个世界上只需要我。"

110. 新和旧

林小姐看到男友跟别的女孩在一起,十分生气。

第二天,她质问男友:"想不到你是个喜新厌旧的人,说,昨天那个女人是谁?"

男友连忙解释:"要说喜新厌旧,你误会了,你才是新的,她是旧的。"

111. 爱情的差别

两个来自不同国家的人在谈论爱情。

"在我们国家,"一个人说,"年轻人向姑娘求爱都是彬彬有礼、含情脉脉的。如果两个人相爱了,年轻人先要吻姑娘的指尖,接着是手、耳朵、脖子……"

"我的上帝,"另一个人叹着气说,"要是在我们国家,有这点工夫,他们早就度完蜜月回来了。"

112. 浪漫与浪费

一男一女在办公室里谈起浪漫与浪费这一话题。

男子说:"到底什么叫浪漫?"

女子回答:"明知道她不爱你,你还要送她100朵玫瑰。"

男子又疑惑地问:"那什么叫浪费呢?"

女子回答:"明知道她爱你,你还要送她100朵玫瑰。"

113. 不同的恋爱

尼科和威利正在休息室里聊起自己的爱情。

尼科说:"我爱上公司鞋袜柜的小姐以后,每天都去她的柜台买一双袜子。"

威利说:"噢,你真幸运! 我爱上宝石柜的小姐后,只去买过一次宝石戒指,就已经招架不住了!"

114. 上帝是谁

一年轻女子带着未婚夫回家见自己的父母。

饭后,父亲把小伙子带进书房聊天,问小伙子:"能告诉我你的职业吗?"

小伙子答道:"我是一个神学家。"

父亲点点头,说:"很好。"又问道,"但你将怎样为我女儿提供一套漂亮的房子呢?"

"我将潜心学业,上帝就会帮助我的。"小伙子认真地说。"你将如何供养孩子呢?"父亲问。

"上帝会帮忙的。"小伙子回答。

事后,女子问父亲对小伙子的印象如何。

"他既没有钱,也没有找工作的打算,"父亲答道,"不过,他认为我是上帝。"

115. 教堂

众多热恋中的男女最近发现了一个谈情说爱的好地方,又不必花钱,也不用担心警察的干扰。这地方就是教堂。

牧师们十分苦恼,于是有一个牧师在教堂入口处挂了一块告示牌子,上面写着:本教堂晚 10 时以后熄灯。

第二天,谈情说爱的不见减少,牧师不解,一看,外面告示牌上多了一行小字,上面写着:请放心,我们不需要灯光。

116. 怎么结婚

女儿心事重重,向妈妈诉苦道:"妈,小尤一定要我跟他结婚。"

母亲笑笑,说:"傻丫头,他没有房子,怎么结婚呢?"

女儿答道:"他说,旅行结婚,不需要房子。"

117. 小青找对象

王大妈给小青姑娘介绍了个男朋友,小伙子浓眉大眼,挺有精神。可小青嫌人家个头太矮,说是"二级残废"。

她对王大妈说:"我要找个1米75至1米76的。"

没过几日,王大妈按她的标准给找了一个。一见面,小青生气了,问王大妈:"你怎么给我介绍个跛子?"

王大妈说:"你不是要1米75至1米76的吗?他左脚着地1米75,右脚着地刚好1米76。"

118. 求爱

"……西班牙的妇女善于使用扇子表达感情,一位妇女用扇子把脸的下半部遮起来,眼睛望着你,其意思是在问你:你喜欢我吗?"

一位小姐看到这条消息,第二天,她来到一位男士的家,打开扇子,遮住了下半部脸,纯情地望着她心目中的白马王子。

谁知,尴尬的男士立即不好意思地站起身来,喃喃地说:"真对不起,我的口臭病真该死!"

119. 死光了

一对男女青年正在谈恋爱,男青年工作繁忙,总没有时间陪女青年。

周末,女青年打电话给男青年:"今天你能陪我玩玩吗?"

男青年说:"不行,厂里活儿忙。"

女青年忙说:"你请个假,就说你老姨死了。"

男青年不耐烦了,说:"上次为陪你,我老舅已经'死'过一回了,照这样下去,咱俩谈成了,我家的亲戚也该'死'光了!"

120. 低头

一位姑娘去婚姻介绍所寻觅伴侣。婚姻介绍人问姑娘:"你找对象有什么要求?"

"我希望找个比我高出两个头的男子。"姑娘说。

"为什么要找得那么高?"婚姻介绍人问。

"因为只有这样,他才能在我面前低着头说话。"姑娘回答。

121. 你没姐姐

客厅里,一位绅士正等着自己的女朋友下楼,这时,女朋友的弟弟进来了,他一见绅士,就吼道:"你怎么总来找我的姐姐,难道你自己就没有姐姐吗?"

122. 说谎的报应

未婚妻生日那天,夏尔精心挑选了一串珍珠项链作为礼物。

他满意地对未婚妻说:"亲爱的,你瞧这串项链,上面正好有22

颗珍珠。"

"为什么是 22 颗呢？"未婚妻问。

"和你的岁数一样。"夏尔得意地说。

"原来是这么回事。"之后,未婚妻暗暗地责备自己 :要是我把真实年龄告诉他就好了。

123. 月亮代表我的心

公园里,一对恋人沉默地坐了许久。

女子终于开口了:"咱们的爱情到此结束吧!"

男子坚决摇头,说:"不不! 当初你是那样爱我,就是在这里你海誓山盟地对我说:'月亮代表我的心' 难道你忘了吗？"

"'月亮代表我的心? '……对! 那天我是这样说的。"女子解释道:"不过那天是十五,今天是初一,谁都很清楚:十五的月亮和初一的月亮不一样!"

124. 方便

一位姑娘和一位小伙子在公园里约会。看起来是第一次见面,两人坐在长石椅上,起初颇为忸怩,慢慢地转入了自然。

交谈了好一会儿,小伙子突然站起身。姑娘问:"你干什么去？"

小伙子不好意思地说 :"我……我去方便方便……"

姑娘似乎不理解什么叫"方便",困惑地瞅着小伙子,直到眼盯着小伙子进入了不远处的厕所,她才若有所悟地点了点头。

小伙子从厕所里出来,又坐在长石椅上和姑娘亲热地谈了起来。姑娘发问:"你什么时候到我那儿去看看?"

小伙子彬彬有礼地说:"如果你愿意的话,我打算在你方便的时候去看上一看。"

125. 担心第三者

一位姑娘总担心她的男友还会与其他姑娘谈恋爱。

一天,男友讲:"亲爱的,我们能在月亮里该多好。"

姑娘说:"为什么?"

男友说:"那儿不用担心别人的干扰。"

姑娘说:"不!那儿有嫦娥……"

126. 初步印象

介绍人抽了一口烟,然后问道:"姑娘,你对那个男的初步印象如何?"

姑娘说:"他说话时和你抽烟一样。"

介绍人问:"自然还是潇洒?"

姑娘回答:"不!吞吞吐吐。"

127. 等待

大李正在跟大严谈终身大事。

大李问："你都三十几了，为什么还不结婚？"

大严说："我在等她。"

大李又问："她不是早就和你分手了吗？"

大严哀叹道："是啊！可分手的时候她说过：'要想我和你结婚，那你就等下辈子吧！'"

128. 礼物

女朋友过生日，男朋友送她一本字典。

女朋友很不高兴："你干吗要送我一本字典呢？"

男朋友说："你知道，我是很讲实效的人。"

"你要讲实效，咋瞎花钱买我根本用不着的东西？"

"哎，去年生日我送你一枚金戒指，你说找不到合适的字眼来感谢我，所以我今天就给你送这本字典啰！"

129. 暗示

一个男青年羞答答地问："昨晚我梦见向你求婚，不知道它表明什么。"

女友回答："这表明，你睡着的时候，比你醒着的时候还要聪明。"

130. 有人呼我

阿凌三十好几了,至今连个对象也没有,好不容易托婚介所找了个女孩。见面前,阿凌心里暗想:婚介所找的,全是嫁不出去的老姑娘,能好到哪里去?

于是他请好友阿平帮忙,在两人见面半小时后打他的传呼。这样,如果他觉得不喜欢那个姑娘,就可以借口回电话,一走了之。

不料一见面,那女孩竟是貌若天仙,气质娴雅。这可把阿凌乐坏了,心想待会儿呼机响,可千万别回。

突然,那女孩的呼机响了起来。她一脸抱歉地说:"对不起,人家呼我,我先走了……"

131. 招兵有方

有人问一个指挥官:"你的部队为什么都是些结了婚的士兵?你为什么不招未婚青年?"

"因为结了婚的士兵,即使挨了批评和训斥,也能唯唯诺诺地执行命令。这是婚后生活所养成的习惯。"指挥官说。

132. 看手相

一个姑娘去找一个会看手相的姑娘看相。姑娘看了看她的手,然后说:"看得出来,你正热恋着一个中间少一颗门牙的男人。"

"是的。"

"他正在向你求婚。"

"是的。"

"他的名字叫施密特。"

"您说得一点不错！这太惊人了！难道这一切您都是从我的手心里看出来的吗？"

"不是手心，而是你手上戴的戒指，那是上星期我还给施密特的。"

133. 圣诞贺卡

一个年轻男子走向卖圣诞贺卡的柜台："能给我推荐几种措辞情真意切的卡片吗？"

"哦，这种就很好：'赠给我唯一心爱的姑娘'。"柜台小姐说。

"好极了，"年轻男子忙说，"请给我拿6张——哦，不——8张。"

134. 实话实说

一对夫妻正在过他们三周年结婚纪念日。妻子深情地问丈夫："如果给你一次重新选择妻子的机会，你还会选择我吗？"

丈夫坚决摇摇头说："一个人怎么能被同一块石头绊倒两次呢？"

135.再想想

车站上，一个男子发疯似的对一个女子说："如果你拒绝我，丽莎，那我就去卧轨。"

"离火车到站还有3个钟头，你让我再想想。"女子镇定地说。

136.清场

小丽每次应男友之约到小树林赴约时，大老远就能听见男友在用他那难听的公鸭嗓子唱歌。

这天，小丽还没走近树林，男友又在唱了，小丽一脸不高兴，跑过去对他说："你这一唱，林子里的人全吓跑了！"

男友乐呵呵地说："咱要的就是这效果，不然如何清场呢？"

137.恋爱时节

玛丽收到威廉的一封信，信中写道："亲爱的玛丽，请原谅我再次打扰你，由于热恋，我的记性竟如此糟糕。我现在一点儿也记不起来，当我昨天向你求婚的时候，你说的是'行'还是'不行'？"

玛丽很快回了信,信中说:"亲爱的威廉,见到你的信我很高兴,我记得昨天我说的是'不行',但我实在想不起来是对谁说的了。再一次吻你。"

138. 不能护理

一对青年男女经人介绍第一次见面。见面后男青年对女青年的印象非常好,他知道对方是某医院的护士,就说:"我真希望得一场大病,能住进你们医院。"

女青年问:"这是为什么?"

男青年说:"好让你来护理我,这样我们不是可以天天在一起了吗?"

女青年羞涩地说:"这是不可能的。"

男青年追问:"为什么?"

女青年低下头说:"因为,我……是妇产科的护士!"

139. 求婚动机

一群已婚的男人聚餐,席间,有人提议谈谈各自求婚的动机。

陆先生第一个发言:"我是在夏天见她穿一身薄衣服,美腿隐隐若现,于是就向她求婚了。"

吴先生接着说:"我恰巧和你相反,我老婆总是喜欢穿长裙,我想知道她的腿究竟长得怎么样,于是就向她求婚了。"

140. 严肃的问题

一对年轻的苏格兰人坐在公园的一条长椅上,相互沉思地凝视着。过了好长一会儿,姑娘对她的男伴低声说道:"安古斯,你告诉我你正在想什么,我就给你一个便士。"

小伙子答道:"我正在想如果你给我一个小小的吻,那是再好不过了。"

姑娘红着脸吻了他。过了一会儿,她又说道:"我再花一个便士,买你现在的想法,安古斯。"

"这次我想的可是一个严肃的问题。"小伙子说。

"会是什么问题呢,安古斯?"姑娘很害羞地说。

"我正在想,现在你该付给我那个便士了。"

141. 经验之谈

一位退休不久的教员向他朋友的儿子建议说:"在你开始接触女孩子的时候,记住一条:要想结婚,就找一个学校的老师。"

年轻人问他为什么。

"我的孩子,因为只有她们才能在提出问题后长时间保持沉默等待答案呀。"

142. 两个姑娘

两个小伙子在酒吧聊天。

彼德:我现在一下子爱上了两个姑娘,一个漂亮可爱,但是穷得很;另一个虽然非常富有,但长相一般。依你看,选择哪位较为合适?

布朗:当然是漂亮的那位,钱毕竟是个不重要的东西。

彼德:那太好了,我也这么想。那么我就去和那个漂亮的姑娘结婚。

布朗:别忙走,彼德。你能告诉我那个不漂亮的姑娘住在哪儿吗?

143. 惩罚

彼得和约翰正聊着什么是对于女人最大惩罚的话题。

彼得问约翰:"你知不知道对于女人最大的惩罚是什么?"

"不知道。"约翰回答道。

彼得说:"让她穿上美丽的衣服,然后把她关到没有镜子的屋子里!"

144. 人往高处走

饭店里,大李吃惊地问大严:"你是说,你戒酒是她要求的?"

"是的。"大严回答。

"你戒烟也是她的意思？"大李又问。

"不错。"大严回答。

"戒赌与停止赛车、赛马也都是为了她？"大李接着问。

"对了。"大严回答。

"那么,这些你一一都做到了,为何还不娶她？"大李不解地问。

"嗯,我以为,既然我已经是如此好的人了,理应另找一个更好的人选了。"大严回答。

145. 唯我不笑

丈夫颇为沮丧地回到家,对妻子埋怨道："今天在街上有一个人摔了个仰面朝天,引得周围的人哈哈大笑,只有我一个人笑不出来。"

妻子笑笑,说："想不到你这个人倒颇有同情心。"

丈夫哭丧着脸说："那个人就是我。"

146. 描述幸福

深夜,丈夫回到家,妻子愤愤不平地对丈夫说："我们结婚才一个星期,你就回来这么晚。"

丈夫忙解释道："请原谅,亲爱的,我没能早回来是因为——在酒吧里,朋友总是缠着我,让我讲述我同你在一起是多么幸福。"

147. 误解

清早,鲍伯正坐在餐桌边他自己的座位上。他刚刚吃过早餐,正在读报纸。

他看到一条有关一位美丽的演员即将与一位众所周知的缺乏常识和超低智商的足球明星结婚的消息。

他脸上带着怀疑的神色转向他的妻子马琳:"我不明白为什么头号傻瓜们总能娶到最有魅力的妻子。"

马琳回答:"怎么?谢谢你,亲爱的!"

148. 小心为妙

一天,某个学生看到教授桌上摆放着一盒精美的巧克力,便问:"教授先生,您买那么大一盒夹心巧克力,一定是送给您的爱妻吧?"

"是的,您知道,我妻子今天早晨吻过我。我可以从中推断出,今天不是我们的结婚纪念日就是她的生日。"教授回答道。

149. 十拿九稳

小两口儿刚入洞房,新娘突然惊叫起来:"哎呀,怪不得结婚前不肯和我握手呢,敢情你右手缺个手指头!"

新郎一脸无辜地说:"我不是跟你说得很清楚吗？无论干什么,我都是十拿九稳!"

150. 求婚记

有一个势利的父亲,他对自己的独生女儿宝贝得不得了,总是说:"只有最有钱的人才能娶我的女儿!"

一天,有三个男子上门求亲,这个势利的父亲自然免不了要盘问一下他们的身价。

第一个男子说:"我有一千万元存款。"

势利父亲觉得很满意,又把头转向第二个人。

第二个男子说:"我有三栋洋房,还开了两家公司。"

势利的父亲更满意了,他看见第三个人穿得有点寒酸,不免怀疑起他的实力,就问:"那么你有什么呢？"

那个人腼腆地说:"我有一个小孩……"势利的父亲勃然大怒:"都有小孩的人了,还想娶我女儿？"

他刚要叫人把这个男子赶出去,谁知这个男子却接着说:"那个小孩在令爱的肚子里……"

151. 不分你我

一对新婚夫妻外出度蜜月,丈夫早晨起来刷牙,找不到牙刷,便问妻子:"亲爱的,我的牙刷哪去了?"

妻子走过来说:"亲爱的,我们已经是一家人了,还分什么我的你的,以后不论做什么,都应该说我们的。"

过了一会儿,妻子问丈夫,你在干什么,丈夫忙说:"我在刮我们的胡子。"

152. 婚前婚后

新婚不久的妻子向自己的丈夫抱怨道:"老公,结婚前你不是常对我说,我是你的女神吗?"

"啊,美妍,现在你总该看出来,自从结婚后,我成了一个无神论者。"丈夫回答。

153. 满意

父亲正在跟儿子谈论学校里的事。

"喂,怎么样,弗瑞德利克,"父亲问,"你的女老师满意你吗?"

"啊,是的,爸爸,十分满意。"儿子回答。

"你怎么知道?是她亲口对你说的?"父亲问。

"当然,爸爸。她对我说:'要是所有的学生都像你这样,我马上就离开学校。'这说明,我已经全学会了。"儿子接着回答。

154. 感慨

湖边,一个画家正在画画,这时来了一对新婚夫妇。

他们看了好一会儿,最后妻子以无可辩驳的口吻对丈夫说:"看见了吧,亲爱的,不买一个照相机,该有多苦恼呀!"

155. 妙招

一个企业家正向一名广告代理人咨询业务。企业家说:"我想让所有的女人都看到我的广告,这该怎么做呢?"

广告代理人说:"只有一个办法,我们给所有的丈夫写信,信上注明'本人亲启'。"

156. 美眉来信

小毛苦苦追求一位女同学好长时间,在写完第九十九封求爱信后,女同学回信一封,上书"61"两个大字,别无他言。

小毛绞尽脑汁,不解其意,于是请教本宿舍爱情专家。

专家一看,乐了,问:"你追求的女同学是音乐系的吧?"小毛说:"是呀,你怎么知道?"专家说:"你把 61 用简谱唱出来,不就是'拉—倒—'吗?"

157. 姑娘的眼睛

同事问小李:"听说你昨天去相亲了,怎么样啊?"

小李说：“这个姑娘给我印象最深的是她的眼睛，就像天空的明月……”

同事羡慕地问：“那一定很漂亮吧？”

小李叹了口气，说：“可惜一只是初一，一只是十五。”

158．古董店经理

巴黎一家古董店的橱窗里陈列着五个姿态各异的少女雕像，在它们旁边的一个标牌上写着“爱神们”。

没过多久，一个小雕像被卖出去后，经理换了一个新标牌，上面写着“四季”。

又一个小雕像被售出，经理把标牌改为“三个少女”。

当小雕像只剩下两个时，被起名为“夜与昼”。

最后只剩下一个雕像了，它又有了一个新名字——“孤独”。

159．巧答恋爱经过

婚礼晚会上，许多朋友让新郎介绍恋爱经过。

新郎说：“本新郎姓张，新娘姓顾。我俩尚未认识对方时，我东‘张’西望，她‘顾’影自怜；后来我‘张’口结舌去找她，她左‘顾’右盼等着我；到认识久一点，我便明目‘张’胆，她也无所‘顾’忌；于是，我便请示她择日开‘张’，她也欣然惠‘顾’了。”

160. 违章建筑

一个男的对他的女友说："亲爱的,我昨天晚上梦见你了,而且我还在你的心里盖了一间属于我们俩的爱情小屋。"

女友说："哦,是真的吗?"

男的说："是真的!"

女友说："我太感动了……但是你知道吗,你盖的那间爱情小屋,我妈说是违章建筑!"

161. 打不开

有个男士在公共汽车上遇到一位漂亮姑娘,他心中暗喜,就写了张纸条递过去:"如果愿意和我交朋友,请把纸条传回来;如果不愿意,你就把纸条扔到窗外。"

一会儿,纸条传了回来,那个男子欣喜若狂,可打开纸条一看,心一下就凉了,只见纸条上写道:"窗子打不开!"

162. 约会

在汤姆工作的大楼里有一个咖啡屋,那儿有一位小姐每天都和他打招呼。汤姆有些受宠若惊,因为这位小姐看上去至少比他年轻15岁。一天她又对汤姆招手,示意汤姆过去。

汤姆走了过去,心里像有只小鹿在跳。那位小姐问道:"您现在是单身吗?"汤姆连忙说:"对,对,是单身。"

小姐高兴地说："我母亲也是,您愿不愿意见见她?"

163. 症状

小丽愁眉苦脸地对小美说:"怎样才能知道自己的老公有没有外遇呢?"

小美胸有成竹地说:"这还不简单,我告诉你诊断的方法:公司天天加班,家务从来不沾,手机回家就关,短信回完就删,上床呼噜震天,内裤经常反穿。对照检查符合三条属于疑似,四条可确诊。"

164. 无法见面

小林经常写别字。这天,他想约一个女孩子在公园见面,于是写了一张纸条:"晚八时,公元前见面。"

不久,他收到了女孩子的回条:"我生活在公元 21 世纪,无法与古人见面。"

165. 福气

有一个男子,总认为自己没有异性缘,于是跑去教堂祈祷:"请上帝赐一群女人围绕在我身边吧。"可不幸的是,他刚刚走出教堂,就被一辆车撞倒,住进了医院。

男人躺在病床上,沮丧地想:上帝怎么这么不公平……

正在这时,护士长领着二十多名漂亮的女实习生走到他的病床前,对她们说:"这名患者因为遭遇交通事故不能动弹,你们先教他怎么使用便盆吧……"

166. 约会时间

甲乙二人碰到一起闲聊起来。

甲说:"你怎么总是在晚上九点后才和女朋友约会,难道真像作家们所说的,'爱情需要黑暗'?"

乙说:"那倒不是,关键是九点钟以后街上的商店都关门了呀。"

167. 初恋

老师对一个早恋的学生说:"初恋是幼稚的,是痛苦的,是没有结果的,更糟糕的是它会影响你的学习成绩。现在,你有没有认识到自己的错误?"

学生争辩说:"可是,老师,这不是我的初恋。"

168. 足智多谋

汤姆问他的女朋友:"这么说,你是不愿意嫁给我了?"

"是的。因为我未来的丈夫,一要勇敢,二要足智多谋。"女朋友毫不考虑地回答。

汤姆说："这些条件我都符合呀！"

女朋友问："怎么符合？"

"你难道忘了？上次你落水的时候，就是我把你救起来的。"汤姆解释道。

女朋友说："你确实勇敢，不过这并不意味着你足智多谋。"

汤姆低声说："好吧，那你知道是谁弄翻了那条船？"

169. 择偶标准

阿乐对女朋友的职业要求很高，第一是医生，第二是教师，第三是军人，其他一律免谈。王大妈给他介绍了好几个女朋友，都是因为不符合这些要求，他连面都不愿意见。

不过这个王大妈挺热心，过了几天又给阿乐介绍了一个女朋友，阿乐赶紧问女方是做什么工作的，王大妈说："这次包你满意，人家是军医大学的教师！"

170. 手机短信

有一天，中文系的小丹忽然收到同班同学大伟的手机短信，上面写着：风在刮，雨在下，我在等你回电话；为你生，为你死，为你等候一辈子。

这个大伟长得高大英俊，书也读得好，是中文系许多女同学心中的白马王子，现在他主动发短信给小丹，小丹高兴得都快要飞上天了。

小丹正要回复,手机铃又响了,小丹打开一看,傻眼了,原来上面写着:不好意思,刚才发错了。

171. 喜欢什么

妈妈问儿子:"你女朋友喜欢你什么呀?"

儿子说:"她喜欢我聪明能干,又幽默风趣。"

"那你喜欢她什么呢?"

"我就是喜欢她这么评价我呀!"

172. 过节

在一个大学里,男生甲对男生乙说:"你知道吗,我女朋友最爱过节了,连生日也要农历和阳历算两次,敲诈我两次的饭钱和礼物钱。"

男生乙无奈地叹口气说:"这算什么,我女朋友还想拉着我和她一起去云南读大学呢!"

甲问:"为什么?"

乙悲痛地答道:"因为她说那里有很多的少数民族,又可以增加几个敲诈的节日,如:泼水节、火把节……"

173. 看见

一群人正往一辆客车上挤,一个小伙子不小心踩到了一位中年妇女的脚。

小伙子连忙说:"对不起,我没看见。"中年妇女说道:"没看见?要是在二十年前啊,你恐怕老远就看见了。"

174. 潜水结婚

潜水馆里,小王兴奋地对小李说:"我发现潜水结婚是最佳的仪式……"

小李问:"为什么?"

小王说:"它提醒一对新人从那一天起就要开始学会忍气吞声!"

175. 慌乱时刻

迈克对朋友说:"昨天我和女朋友去看一部爱情影片,刚开演不一会儿就突然停电了,所有人在漆黑中等了十几分钟。"

朋友问:"人们没有慌乱吗?"

迈克不好意思地说:"的确慌乱了,不过那是在来电的时候。"

176. 不同意

小美向朋友诉苦："唉！我该怎么办呢？我男朋友他们全家都竭力反对我们两个人的婚事！"

朋友问："是他的父母不喜欢你吗？"

小美摇着头说："不是的，是他的妻子和孩子们不同意！"

177. 行业竞争

一位漂亮姑娘准备考律师证，于是就整天捧着法律书埋头苦读。

一个男同事见了，逗她说："律师行业竞争很厉害，你这么漂亮，干吗那么辛苦？还不如找个好老公嫁了，在家做贵妇人多好。"

姑娘白了他一眼，叹口气道："唉，那个行业竞争更激烈！"

178. 守财奴

一对情侣闹别扭。

女的大叫道："和你这个守财奴在一起简直受够啦，这是你给我的项链，拿去吧！"

男的伸手接过项链，说："盒子呢？"

179. 印象

有个男青年,模仿国外某明星,留着满脸大胡子。

为了交上女朋友,他在马路上主动帮助一位不相识的姑娘安装自行车链条。临别时,男青年问:"你对我的印象怎么样?"

姑娘答道:"非常好,你这人真不简单,这么大年纪还上街来做好事!"

180. 每周一"哥"

有个小姐,热衷于谈恋爱,男朋友换了一个又一个,有人就给她起了个绰号,叫她"半月谈"。

小姐不以为然:"半月谈怎么啦? 半月谈已经是我的过去了。哼,我现在是每周一'哥'(歌)!"

181. 总有办法

一个男的为了向女朋友表忠心,在自己的胸口文下了他女朋友的名字"李小勤",并且经常在人前炫耀。

后来,这男的和那个叫"李小勤"的姑娘分手了,为了表示和过去的一切彻底决裂,并且不影响交新的女朋友,他又在原来文的字前面加了"不是"两个字,成了"不是李小勤"。

再后来,这个男的和先前那个"李小勤"又和好了,并且爱得更加死去活来。一天,那男的和几个哥们在一起聊天,说到了他的文身,哥们都关心地问道:"那'不是'两个字怎么办啊?"

话音刚落,那男的麻利地脱掉上衣,众人一看目瞪口呆,只见他在"不"字上加了个"走"字旁,成了"还是李小勤"……

182. 字谜

小非和小兰一见钟情,两人的感情迅速升温。可是小兰的朋友却说小非用情不专,小兰听后顿时心急如焚,她马上写了一封信,信上只写着"怂?"。

第二天,她就收到了小非的回信,上面只写着"您!"。

收到回信,小兰心中的石头落了地。原来这是一个有趣的谜语信,小兰在问:"你的心上有两个人——怂,是吗?"

小非的回答是:"我的心上只有你——您!"

183. 求婚

公园里,小芳拒绝了大良的求婚。

大良说:"亲爱的,嫁给我吧!我不能没有你!"

小芳坚决地说:"不行,我妈不答应。"

"哦!你如果拒绝我,我就死在你的面前!"说着,他举起了手枪。

"请等一下,我去问问妈妈。"小芳拿着手机走开了。

大良低声暗笑:"嘿嘿,我就知道这招有用!"

小芳兴冲冲地跑回来,说:"我妈妈说我已经成年了,可以看这种血腥的场面了。"

大良顿时无语。

184. 愿望

一对热恋中的男女在公园的长椅上说着悄悄话,男的问:"亲爱的,你最大的愿望是什么?"

女的嗲声道:"我最大的愿望是你能在三个地方吻我。"

"嗨!小事一桩!哪三个地方?"

"法国巴黎、美国纽约、英国伦敦!"

185. 我也愿意

婚礼上,牧师问紧张的新郎:"你愿意娶杰妮为妻吗?"

一阵沉默,没有回答,牧师只好轻声提示新郎:"我愿意。"

新郎立刻大声回答:"我也愿意。"

186. 等级差

女生们都想找到心目中的白马王子,可要求各不相同:

大专生说:"我要找一个本科生。"

本科生说:"我要找一个研究生。"

研究生说:"我要找一个博士生。"

博士生说："我要找一个男生。"

187. 打赌

一个小伙子用手蒙住女朋友的眼睛,说:"如果你猜不出我是谁,那你就得让我吻一下。现在,你说我是谁吧?"

"路易十六……不对,雨果……拿破仑。还是不对吗? 那么你赢了。"

188. 好消息

每天晚上的点歌时间,总可以听到一个男孩为一个女孩子点歌。

大约一个月后,这个女孩打进电话,对主持人说,要告诉那个每天给她点歌的男孩子一个好消息。

主持人忙问:"是什么好消息?"

女孩子说:"他这种追女孩子的方法是行得通的! 因为我现在的男朋友就是这样每天点歌才追上我的!"

189. 情侣动作

有一对情侣,男的送女孩回家时,因为气氛很好,且难舍难分,便在女方家门口吻了起来。

过了一会儿,楼上的灯全亮了,咚咚咚,她老爸下来了,脸色非常不好地说："小子,你没经过我同意和我女儿出去,还这么晚带她回来,还在门口做出这种举动,这些我都不和你计较了,但请你不要压在门铃上,好吗?"

190. 相亲

漂亮的小姐去相亲,趾高气扬地对先生说:"你有别克车吗?"

先生说:"抱歉,我没有。"

小姐又说:"那你有三房两厅吗?"

先生又说:"抱歉,也没有。"

小姐说:"那你还敢来和我相亲?"说完扭头要走。

先生莫名其妙地说:"真是奇怪啊,干吗非要我把宝马换成别克,别墅换成三房两厅啊?"

小姐昏倒……

191. 会让你亲我的

一位男子驾车带着女友兜风,为了炫耀自己的驾车技术,他将车开得极快。一不小心,汽车撞到了一棵大树上,幸运的是,两个人都没有受伤。

男子赶紧搂住女友,安慰她不要害怕。

女友亲热地倒在他怀里,以诚挚而惋惜的语气说:"你何必冒这么大风险呢？其实,只要你假装汽油用完了,我也会让你亲我的。"

192. 自作多情

阿昌住的楼对面是另外一栋住宅。那天早上,阿昌在阳台上看风景,忽然看见对面楼里一个漂亮的女孩,正隔着窗户拿着一条手绢在跟他挥手,阿昌看了很兴奋,也就跟她挥手。

然后,那女孩又跑到另外一个窗口再跟阿昌挥手,阿昌十分热情地跟她再挥手。

后来,那女孩又走到第三个窗口旁,跟阿昌再次挥手,这时,阿昌才反应过来:原来她在擦窗户!

193. 女间谍

美丽的女间谍从国外回到自己的祖国,到司令部向司令员汇报:"我拿到了戴阳将军最新的攻击计划,这一份计划是从他的办公桌上偷走的,不但如此,我还俘虏了他的儿子……"

"太棒了!"司令员听了非常高兴,紧接着问,"戴阳将军的儿子在哪里? 我们马上审问他。"

女间谍面露为难的神色,说:"现在还不行,他在我的肚子里,还要再等十个月。"

194. 有多傻

男友：古代的美女多情,却很傻。

女友：对,《红楼梦》里那个林黛玉,写了好多诗,却不送出去发表。愣都烧掉了。

男友：那个王昭君更是个大傻帽儿!

女友：是啊! 让她出国,还悲悲切切地不想走哩,换了我,笑都笑不够。

195. 近视

一位中年妇女陪着她深度近视的女儿来到一家医院。母亲竭力要求医生立刻对女儿的眼睛做检查。

医生见她如此焦急,就问：“你女儿的视力究竟降到什么程度了?”

“她的视力确实不行了,”母亲焦急地说,“她刚刚度完蜜月回来,可是我们发现新郎不是婚礼时的那个了。”

196. 洞察力

一天,法国侦探小说作家西姆农和他的朋友帕尼奥尔沿着一条大道散步。西姆农忽然吹起口哨,惊叹道：“上帝啊,这个女士一定非常漂亮! ”

“女士? ”帕尼奥尔惊异地问道,“我只看到几个小伙子呀。”

"不,她在我们后面。"西姆农从容答道。

"后面?你怎么能看到后面的东西?"

"当然能!我虽然看不到她,"西姆农微笑着回答说,"但我可以看到迎面走过来的那些男人们的眼神。"

197. 开场白

大龄青年小李特别不善言辞,见了姑娘就张口结舌,为此,对象吹了好几个。

这天经人牵线,他又与一个姑娘见面了,原本想了一箩筐的话,到了姑娘面前却又统统说不出来了,情急之下,只好嗫嚅着:"你……你愿意和我一起变成老公公、老婆婆吗?"

198. 棉布

赵君爱看女时装模特表演,每出来一位漂亮小姐,赵君就赞叹一声:"绸缎!"

赵妻以为丈夫是在欣赏时装面料,但后来发现他是醉翁之意不在酒,便揶揄道:"人家是绸缎,我是什么?"

赵君道:"棉布!绸缎是表面光,取其观赏价值,但做贴身衣服还是棉布好!"

199. 追老婆

一对夫妻骑自行车上街,妻子有意加快速度将丈夫甩在后面,可是等了半天,丈夫才慢悠悠地跟了上来。

妻子把车停下来,嘲笑道:"你的身体越来越差了,记得没结婚时,你用不了十秒钟就会追上我!"

"喔,身体不是问题,"丈夫答道,"问题在于,现在我不用再追了!"

200. 挑剔的丈夫

新婚的妻子努力想让丈夫满意,但总是失败。比如吃早饭,妻子做炒蛋时,丈夫说想吃荷包蛋;她做荷包蛋时,丈夫又说想吃炒蛋。

一天早晨,妻子特意做了一只炒蛋和一只荷包蛋,放在丈夫面前,等待他的赞扬。

谁知,丈夫瞥了盘子一眼,愤愤地说:"那只蛋该做荷包蛋的,你却把它炒了,而另外一只该炒的,你却把它做荷包蛋了!"

201. 婚前婚后

乙刚结婚不久,甲就向乙讨教经验。

甲问乙:"听说当丈夫的都是婚前轻松婚后累?"

乙回答:"的确如此!"

甲说:"你具体说说。"

乙抱怨道:"婚前只要多给她说好话,这还不轻松?"

甲问:"婚后呢?"

乙感叹道:"每天都得想法子应付老婆无穷无尽的盘问,唉,累哪!"

202. 结婚照

甲:"从结婚照上看,你和你妻子保持着一定的距离,为什么不挨得近一点呢?"

乙:"当然要保持一定距离,这样,如果离婚的话就可以很容易地把照片剪开!"

203. 大小姐

任性刁蛮的大姐,总算要嫁人了。岳父很担心地看着未来女婿,说道:"结婚以后,你一定要……"

未来女婿马上接口说:"结婚以后我一定会好好照顾她的!"

岳父摇摇头说:"我是说,婚后你一定要好好照顾你自己!"

204. 最贵重的东西

丈夫出差到 C 城,忽接妻子拍来急电称:"家中被盗。

速归。”

丈夫立即回电：“最贵重的东西是否被盗？夫。”

妻子复电：“家中最贵重的东西是我，我安然无恙，请放心。妻。”

205. 国王与王后

丈夫一早醒来，对妻子说：“亲爱的，刚才我变成了一位国王。”

“那么我就是王后了！”妻子高兴地说。

“不是，你怎么能成为王后呢？是我与王后结了婚。”丈夫回答说。

206. 美人

两个男人悠闲地躺在海滩上。

“喂，”一个说，“你猜，如果把那位叫珍妮的美人儿的头发、嘴唇、眼睛、三围拿掉，剩下什么？”

另一个没好气地回答：“剩下我太太。”

207. 双保险

小谭的丈夫是个超级球迷。有一次，一位女友问她，怎样才能将她丈夫的注意力从电视转到她身上。

小谭回答：“穿透明的时装。”

"要是这样也不奏效呢？"

"那你在背上贴个号码！"

208. 怪事

"这简直怪了，"丈夫对妻子说，"你这次打电话时间怎么这么短？前后才不过20分钟。要知道你打电话从来没少过半个钟头的呀！"

"这有什么大惊小怪的！"妻子回答，"我这次是拨错了号码。"

209. 明白了

太太抱怨先生一点也不了解女人的心，不会说她爱听的话。先生问她爱听什么，叫她提醒一下。

太太说："至少称呼改一改，不要叫'老婆'，要叫三个字的，这才显得亲昵一些。"

"哦，我明白了，"先生恍然大悟说，"老太婆。"

210. 各有所思

妻子不满地对丈夫说："你这个人太不正经了，每次看见漂亮的女人，就忘了自己已经结过婚了。"

丈夫愤愤地说："正相反,我每次看见漂亮的女人,心里最耿耿于怀的就是我已经结过婚了。"

211. 离婚理由

一个女人要和丈夫离婚。她来到法院,法官问:"为什么要离婚?"

"嗯……"那个女人顾虑了一下。

"他酗酒?"法官问。

"不。"那个女人回答

"他吸毒?"法官问。

"不。"那个女人回答。

"挣钱挣得少?"法官问。

"不,还可以吧。"那个女人回答。

"那是他打你?"法官又问。

"不。"那个女人接着回答。

法官想了想,继续问:"那就是他变心了?"

"你说什么呀,没有。"那个女人不满地说。

法官认真思考了下后,接着问:"那就是他不做家务活?"

"他帮着做。"那个女人回答。

法官绞尽脑汁也想不出了,着急地问:"那到底是什么原因呢?"

"您不知道,法官先生,"那个女人接着回答,"所有需要他做的他都做了……可是……您没看到过,他做事时的那张脸是什么表情……"

212. 十全八美

丈夫悲哀地说:"这世界上没有十全十美的女人。"

妻子问:"我不是吗?"

丈夫说:"不,你只有十全八美。"

妻子又问:"为什么?"

丈夫答:"因为你没有外在美和内在美。"

213. 酷毙了

一天,王小二问他的老婆:"我的长相并不怎么样,可你为什么还经常说我长相酷毙了呢?"

老婆回答说:"我说你'长相酷毙了'用的是简称,全称是'长相太残酷应该拉出去毙了'!"

214. 第三名

妻子含情脉脉望着丈夫,说:"在这个世界上,让我又爱又恨的就是你!"

丈夫说:"不对吧?我不过是第三名而已。"

妻子问："那前两名是谁？"

丈夫说："镜子和体重秤。"

215. 爽快老公

为了躲避夏天的烈日，妻子不止一次和老公说想买辆私家车。

晚上，妻子又试探性地对老公说："每天骑车上班，我都被晒成煤球了；坐公交车又太挤，我还是想买……"

老公赶快接过话茬说："想买就买吧，一个遮阳帽也花不了多少钱，不用和我商量了。"

216. 庆幸

醉醺醺的丈夫在凌晨三点回到家，老婆拿着一个棒槌在门口等着他。

老婆问："你知道现在几点了吗？"

他回答："不知道。"

"那我就来告诉你，这是一点，"然后用棒槌在他头上敲了一下，"这是两点，"然后用棒槌在他头上敲了两下，"这是三点，"接着用棒槌在他头上敲了三下，"现在给我去睡觉，浑蛋！"

丈夫抚摸着脑袋，庆幸地说道："还好，幸亏我不是半夜 12 点回来的。"

217. 纪念

小丽项链下挂着一个小金属盒。

兰兰羡慕地说："真漂亮,里面有纪念品吗?"

小丽说："有,我丈夫的一绺头发。"

兰兰疑惑地问："你丈夫还健在吗?"

小丽回答："我丈夫还在,可头发已经不在了。"

218. 小老板答句

小老板的妻子问老公："'穷则独善其身'下句是什么?"

小老板答："富则妻妾成群。"

219. 谁肤浅

丈夫见妻子正在脸上抹黑乎乎的"泥巴",不满地问："为什么女人不注意培养气质,多读些书,充实内在美,老爱上美容院保养肌肤,把时间花在肤浅的外在美上?"

妻子答："那是因为男人大多愚蠢肤浅,却很少是瞎子。"

220. 不止此数

一位著名诗人的妻子穿着一套华丽的晚礼服出现在宴会上,艳惊四座。有人对诗人赞赏地说："太棒了,您太太今天的装扮简直就像一首诗!"

诗人摇头答道:"岂止是一首诗,她的衣服足足花了我半部诗集的稿费!"

221. 美味色拉

丈夫在吃晚饭时夸奖妻子:"这色拉真好吃,亲爱的,是你亲自买的吧?"

222. 妙解

丈夫:亲爱的,你知道鱼为什么都是哑巴吗?

妻子:不知道。

丈夫:很简单! 你只要把头放到水里,试着说几句话就明白了。

223. 梦话

妻子关心地对丈夫说:"老公,你近来老是说梦话,要不我陪你去医院检查一下身体?"

丈夫惊慌地答道:"不用,如果医生给我治好了这毛病,那么我在家里的这一点点发言权都没有了!"

224. 不想颤抖

丈夫正在剃胡须,夫人兴奋地从外面回来:"我与朋友去了一家高级皮货店,要不要听我买了些什么?"

"先别,我手里拿着刮胡子刀呢,我现在不希望颤抖!"

225. 玛丽露

一个男人坐在桌旁看报纸,他妻子走到身后,用一只锅狠狠敲了他一下。男人摸着肿起的脑袋问:"为什么打我?"

妻子回答说:"你的口袋里,有张写给玛丽露的字条!"

男人说:"老婆大人,'玛丽露'是我两星期前去马场所下注的马。"妻子相信了他的解释,并向他道了歉。

三天后,男人又坐在桌旁,他妻子用一只更大的锅砸他。男人倒在桌上昏了过去,醒来后问:"这次又是为什么?"

妻子说:"你的马打电话来了。"

226. 巴黎归来

一位妇女从巴黎回来,向她丈夫诉苦道:"在巴黎,每天要我付 500 法郎的房租,太贵了。"

她丈夫点头表示同意,说:"500 法郎,的确太贵了。不过你在巴黎 15 天,一定看到很多好东西吧?先讲一些给我听。"

"好东西?"妻子嚷了起来,"我什么也没看到。我不能每天花费 500 法郎房钱,让房间整天空着!"

227. 关于讲理

夫妻俩为了一件小事争论起来。

丈夫怒斥道:"你不讲理。"

老婆反驳道:"和你我从来就没讲过理,家就不是讲理的地方。再说你是男的,还比我大 8 个月呢! 你就得让着我。"

228. 关于钱

夫妻俩正在商讨"家庭理财"的问题。

丈夫说:"以后我挣的钱按比例给你吧,我挣得多,留得也多,这样有积极性。"

老婆说:"好。"

丈夫问:"那我给你百分之多少?"

老婆答:"120%。"

229. 关于中心

夫妻俩正为家庭地位争论不休。

老婆说:"我在我们家一直是中心,在你们家也得以我为中心。"

丈夫不同意道:"那我在我们家也一直是中心。"

老婆强调道:"可我这中心比你那中心重要。"

丈夫问:"为什么?"

老婆回答："因为我是千金,你只是个小子。"

230. 关于主意

夫妻俩在商量假期旅游的事。

老婆对丈夫说："咱们出去玩吧。"

丈夫应和道："好,你说去哪儿就去哪儿。"

老婆厉声道："我要有主意,还和你说!"

丈夫一脸无辜,说："我出的主意,你从来都不同意呀。"

老婆反驳道："我不同意的,那叫什么主意呀,那叫敷衍!你得不停地出主意,直到我满意为止。"

231. 关于异性朋友

老婆对丈夫声明："我可以有男朋友,你不能干涉我。"

丈夫说："行,我也交个女朋友。"

老婆坚决地说："不行!"

丈夫不满地问："凭什么你行,我不行?"

老婆振振有词,说："我交男朋友,你做不到的,人家能做到,我就不会老挑你毛病了。有利于家庭幸福。你交女朋友,我心眼儿小,吃醋和你吵架,不利于家庭安定。"

丈夫觉得老婆强词夺理,说："那我也心眼儿小。"

老婆瞪着丈夫吼道："一个男人,和女人一样心眼儿小,亏你好意思说！"

232. 关于心情

周末，老婆放下手中的拖把，抱怨道："我一干活，心情就不好了，会降低咱们的婚姻质量。"

丈夫应和着说："我一干活，心情也不好。"

老婆接着说："你的心理承受能力应该比我强，因为你个子比我大，心脏也应该比我大。"

233. 关于散步

黄昏时分，夫妻俩在林荫小道上手挽手散步。

老婆对丈夫说："咱们一直散步到那条马路吧。"

丈夫懒懒地说："到那儿太远了，一会儿该走不回来了。"

老婆连忙说："没事，你背我回来。"

234. 关于拿东西

丈夫陪老婆购物，老婆从一家服饰店走出来，对丈夫说："这个袋子，你也拿着吧。"

丈夫抱怨说："我都拿着 4 个袋子了，你什么都不拿，好意思吗？"

老婆反驳道："那我还挽着你呢！你 100 多斤呢，我拿的东西比你拿的东西重多了。"

235. 关于婚外恋

老婆正在看一个关于婚外恋的电视剧,于是问丈夫:"现在电视里老演婚外恋,你说,你会有婚外恋吗?"

丈夫答:"不会。"

老婆问:"为什么?"

丈夫解释道:"有你一个我就够后悔的了,决不能再要第二个。"

236. 巴掌声

朋友问汤姆:"为什么还不结婚?"

汤姆说:"一个巴掌拍不响,我一个人急有什么用?"

后来汤姆终于结婚了,朋友问他感觉如何,他的邻居抢先说道:"每天都能听到巴掌声。"

237. 美人鱼

丈夫热衷于钓鱼,他把自己所钓到的大鱼、名贵鱼拍成相片,贴在床头墙上,并且一一注上它们的名称、重量以及垂钓地点,乐此不疲。

妻子见状,便将自己的玉照挂在丈夫床头,并在旁边注明:

美人鱼,49.5kg,钓于人民公园。

238. 真话

大街上,妻子指着对面的一个女孩对丈夫说:"你看,那女孩多好看。"

丈夫不屑地说:"好看什么呀。"

妻子气愤道:"你什么意思? 你为什么不和我保持一致!"

"好看好看。"丈夫附和道。

妻子气冲冲地扭头就走。

239. 另有原因

妻子把菜端上餐桌,对丈夫说:"这菜你一口一口地慢慢嚼。"

丈夫问道:"为什么?"

妻子说:"这样你可以仔细品味一下我的手艺,细嚼慢咽也有助于消化,顺便,还能帮我找出掉在锅里的那根针。"

240. 新发型

妻子换了一个新发型,喜滋滋地回到家。

丈夫见了,怒斥道:"你太可恶了! 为什么不跟我商量,就把头发剪短了,像什么话!"

妻子反驳道:"你不是也没有和我商量,就把头顶弄秃了吗?"

241. 彼此彼此

妻子怒斥丈夫:"你为什么偷看我的日记?"

"这……"丈夫张口结舌,半天才说,"你是怎么知道的?"

妻子声色俱厉地说:"因为我刚看了你的日记,上面写着你昨天偷看了我的日记!"

242. 猜谜

抽象派画家结婚了。几个月后,女友们问画家的妻子:"你们生活得怎么样?"

"挺有趣的,"画家夫人答道,"在家里时,他画画,我做饭,之后,我们一起坐下来猜谜,我猜他画出来的是什么,他猜我做出来的是什么!"

243. 明天就去买

妻子对丈夫说:"亲爱的,我的那件旧大衣所有的纽扣都掉了,走在大街上真不好意思。"

丈夫回答:"那我明天就去给你买。"

妻子兴奋地问丈夫:"是大衣吗?"

丈夫回答："不,是纽扣。"

244. 忘不了她

一个朋友安慰艾伦道："既然露莎抛弃了你,你也别难过了。过两个星期,你说不定就会把她忘了。"

艾伦嚷道："哪有这么容易忘记! 我至少会记住她两年。"

朋友问："为什么?"

艾伦痛苦地说："我刚给她买了一件皮大衣,分期付款就要两年啊! "

245. 吵架

一对夫妻吵架了,相互间不再说话。

这天,丈夫下班回到家里,发现妻子不在家,只在桌上留了一张条子,上面写道："午饭在《烹调大全》第215页,晚饭在317页。"

246. "怪""光"

某日,路过一个铁皮房子,听见一对男女在吵架,男的挖苦女的："娶你这样的丑八怪,看起来恶心,想起来伤心,走在外边放心,留在家里却烦心! "

女的立即反唇相讥："天下哪有你这样的男人,每个月的工资都输得精光,看见漂亮女人两眼放贼光,跟你过日子我感到脸上无光,一想到这儿,我恨不得打你一千个耳光!"

247. 近亲

妻子:唉!嫁给你还不如嫁给魔鬼。

丈夫:那不可能。

妻子:……

丈夫:法律上规定,近亲不准结婚。

248. 你比我强

丈夫:"从各方面来看,我都比你强,当然,有一点你比我强。"

妻子:"哪一点?"

丈夫:"你的爱人比我的爱人强。"

249. 秋天落叶

夫妇两人一起去参观美术展览。当他们面对一张仅以几片树叶遮掩羞部的裸体女像油画时,丈夫立刻张口注目地盯着那幅画,呆立半晌仍不想走开。

妻子狠狠地揪住丈夫吼道:"喂,你是想站到秋天,待树叶落下才甘心吗?"

250. 这不是画

一对年轻的夫妇去参观画廊。

妻子站在一幅画着一个女人肖像的画幅前大声喊了起来："这个女人多难看呀！天哪！"

"嘘，轻一点！"丈夫说，"这不是画，是一面镜子！"

251. 舞曲怎么短了

一位年轻人和一位姑娘在跳舞。他对姑娘说："今天的舞曲怎么比平时要短两倍？"

"这没有什么可奇怪的，"姑娘说，"指挥乐队的人正是我的未婚夫。"

252. 化妆

珍妮正为明天的假面舞会犯愁，便问丈夫："亲爱的，这次假面舞会你给我出出主意，我戴哪种面具最好？"

丈夫说："很简单，不花分文钞票。不要戴假发，不要面部化妆，不要画眉毛，不要……这样，别人一定认不出你。"

253. 回娘家

小妮刚结婚，其丈夫迷恋麻将牌，天天夜不归家，珍妮一气之下回了娘家。

小妮进屋一看：父亲和一帮麻友在麻将桌边正搓得起劲哩。小妮不高兴地问："妈妈呢？"

小妮的父亲头也不回地回答："她跟我赌气，跑到你外婆家去了。"

254. 原因

新婚不久，妻子抱怨起丈夫："以前你每天送我一束玫瑰，怎么现在连一朵都不送我？"

丈夫回答："我问你，一个渔夫钓到鱼后，是否还要继续喂它饵呢？"

255. 出语惊人

一天，丈夫在专心看书，而妻子则在一边看电视。这时，电视屏幕上出现一对恋人，那个男人对女人说："亲爱的，我一直把你当成是自己的一部分。"

妻子听后，很受感动。于是，她对专心致志的丈夫说："喂！你呢，你何时曾把我视为你身体的一部分呐？"

丈夫心里嫌妻子开电视机干扰他看书，就毫不理会。

"喂！我在问你呐！到底我是你身体的哪一部分呀？……"妻子再三地问。

丈夫不耐烦地回答：

"是阑尾!"

256. 也一样

成亲当晚,媳妇对丈夫大憨说:"以后咱家的钱得由我管,要不,你别挨着我。"

大憨为难死了:"这可不好办,从来钱都是咱妈管着的。"

"有啥不好办的!"媳妇说,"我管钱,让咱妈管屋子,管屋子跟管钱是一样的。"

"哪能一样呢?"大憨问。

"哪能不一样呢!"媳妇振振有词地说,"咱家的钱再多,还不都放在这个屋子里?"

257. 卖保险的

小丽新交了一个男朋友,妈妈不放心,非要先把把关不可。她要来那男孩的电话,问长问短地和那男孩聊了起来。说完话,挂了电话,妈妈一脸严肃地对小丽说:"我说,这小伙子一定是卖保险的!"

小丽惊讶地问:"哇,你怎么知道的啊?"

妈妈哼了一声:"打了半个小时的电话,他总共才说了四句话,主题就一个'一定能让您终身受益'……"

258. 比武招亲

小镇中心摆了个擂台,有个叫刘老头的张罗着给他闺女比武招亲。

旁边一个摆地摊的老头凑过来,拉着刘老头问:"老哥,这都啥年代了,你还搞这玩意儿?"

刘老头叹了口气,说:"唉!我闺女力气特别大,性子又烈,你说我能不找个抗打的女婿吗?"

259. 还是那么爱你

一天吃晚饭时,妻子对丈夫说:"我们刚结婚时,你总是挑小块的烤肉,而把大块的留给我。可是现在,你总是挑大块的,把小块的留给我。你是不是不像以前那么爱我了?"

"胡说,"丈夫回答道,"亲爱的,我还是那么爱你,只不过你现在做的烤肉比以前好吃了。"

260. 松弛神经

丈夫老失眠,妻子看到几篇关于如何松弛神经、改善睡眠的文章,就决定在他身上试试。

上床以后,妻子柔声地对丈夫说:"亲爱的,想象你正坐在最爱去的那个湖边,日光暖洋洋的,微风轻拂。"

见丈夫的两眼渐渐合上,妻子心中一喜,继续说道:"你拿着鱼竿,鱼线上的浮子正在水中微微颤动……"

突然,丈夫一下子从床上坐起来,说道:"快拉,那是鱼咬钩了。"

261. 精打细算

妻子用白灰反复地粉刷房间,丈夫生气地大叫:"够了!太浪费了!"

妻子得意地说:"你知道什么呀,这白灰是不要钱的!"

丈夫摇着头说:"笨蛋!就算白灰不要钱,那也应该刷外面,这里面刷了一层又一层,房间比原来小多了!"

262. 还没准备

一个年轻女孩与朋友约会。

可等了一个半小时,朋友还没来。她以为朋友失约了,就脱下礼服,换上睡衣和拖鞋,准备了一些爆米花,打算一边吃一边看电视。

不料,女孩刚在电视机前坐下来,门铃就响了。

女孩打开门。

她的朋友站在门外,上下打量她一眼,惊讶道:"我迟到了两小时——你还没有准备好吗?"

263. 军迷结婚

同事小李是个海军迷,他择偶的标准是:希望女朋友身材像巡洋舰一样修长,胸怀像航空母舰一样宽广,做家务像鱼雷快艇一样迅速,而性格像潜艇一样文静。

小李结婚后,有人问他:"婚后的感觉怎么样?"

小李叹了一口气,说:"没想到她是个空军迷,吃起东西来像运输机,花起钱来像轰炸机,监视我的行动像侦察机,发起脾气来像战斗机,坐在家中一动不动像直升机。"

264. 北极小姐

小张最近新交了一个女朋友,同事老王关心地问:"小张,听说你恋爱了,说说看,那姑娘怎么样?"

小张答道:"别提了,这姑娘是北极小姐。"

老王听不懂了,说:"北极小姐? 她在北极工作?"

"不是,我是说,她对我的态度冷淡得像冰一样,却又像磁石一样吸引我。"

265. 都会好起来

妻子刚读完一本讲述男人和女人的书,便对丈夫有感而发:"其实女人并不想让男人为她解决所有的问题。有时候,只要男人把她紧紧搂在怀里,告诉她一切都会好起来的,这样就行了。"

第二天,妻子汽车的轮胎瘪了。

丈夫扫了一眼,然后把妻子紧紧搂在怀里说:"别担心,亲爱的,上班之前,一切都会好起来的。"

266. 原谅

查理因为赶赴女友的约会,而一时又找不到停车的地方,就匆匆忙忙把车停在了一个禁止停车的地带。

然后,查理将一张字条贴在挡风玻璃上面,字条上写着:"我已经在这个区转了 10 圈。如果我不在这儿停车,我就会失去爱情。请原谅我的过失。"

当查理两小时后返回时,发现在他的字条旁边有一张更大的字条,那是警官留的。

字条上写着:"我已经在这个区转了 10 年。如果我不给你开罚单,我就会失去工作。请原谅我的尽职。"

267. 缠人的电话

一家放款公司的男员工打电话问一位女士:"你的房子有没有二次房贷?"女士回答:"没有。"

男员工又问:"你想整合所有的债务吗?"女士说:"我没有欠债。"

男员工又继续问:"你想装修一下房子、添置些电器吗?"

女士坚决地回答说:"不想!"

男员工仍不死心,接着问:"你结婚了吗?想找男朋友吗?"

268. 你帅吗

有个女孩问我:"你帅吗?"

我说:"我不帅!"

回应的是五个火辣辣的手指印。

她气愤地说:"你撒谎!"

女孩再次问我:"你帅吗?"

我说:"我帅!"

回应的是五个火辣辣的手指印。

她气愤地说:"你一点都不谦虚!"

269. 新娘子

欧洲冠军杯的决赛将在凌晨进行。

丈夫怕错过比赛,临睡前提醒妻子到时候把他叫醒看直播。

妻子问:"明天看重播不一样吗?"

丈夫反问道:"那新婚和二婚能一样吗?"

半夜里,妻子醒来,把丈夫推醒,大声地嚷道:"快起来!看你的'新娘子'!"

270. 有效处罚

收银台前,商店收银员看到有位女顾客,胳肢窝里夹着一只电视遥控器,就好奇地问:"你带这个干吗?"

女顾客回答道:"我丈夫是个电视迷。我要他跟我一起出来购物,他不干,我想了想就把遥控器带出来。这是对他最大的处罚。"

"哈哈,这个没用,他可采用手动方式开电视呀。"

"但没了遥控,他就别想躺在沙发上身子不动地换台啦。"

271. 踢球

一个足球迷兴致勃勃地对女朋友吹嘘说:"对足球,就要向对情人一样,要有缠的功夫。一双脚能像牛皮糖一样粘在足球上,那就绝了。"

女朋友:"然后呢,就一脚踢开?那才叫绝呢。"

272. 不可信赖

甲小姐:"听说你已经解除婚约了?"

乙小姐:"是的!"

甲小姐:"丙先生不是很好吗?为什么要解约呢?"

乙小姐气冲冲地回答:"前天我们去看相,算命先生对我说,我会生三个孩子,但却对他说,他会生五个。你想想看,他那第四、第五个孩子是跟谁生的？他这种人怎么靠得住？"

273. 丑女的逻辑

有位丑女在看球赛时,总喜欢买篮筐后面的位子。

她的朋友有一次问道:"篮筐后面的视野不是不好吗？你怎么每次买这种位子呢？"

丑女答道:"那样子我才能看到男人向我冲过来。"

274. 条件足够

小刚不敢当面向他的女友求婚,只得在电话上做远程试探。

"小雅,我得了五百万元遗产,一座别墅,一辆汽车,还有一艘游艇,你答应嫁给我吗？"

"当然答应你哩,可你是谁呀？"

275. 早就了解你

一个小伙子向姑娘求婚,姑娘说:"不过,我们相识才三天呐,你了解我吗？"

小伙子急忙说:"了解,了解,我早就了解你了。"

"是吗？"

"是的,我在银行工作三年了,你父亲有多少存款,我是很清楚的。"

276. 生死攸关

"爸爸,如果你再不答应我和他结婚,他就自杀了。"

"他自杀跟我有什么关系?"

"他在你的公司里投了五百万的人寿保险。"

277. 硬碰硬

甲:喂,你介绍给我的那个女演员,似乎是一个心肠很硬的姑娘。

乙:心肠硬?你要以硬对硬,钻石是能打动她的心的。

278. 小数点

一位金融家向一位小姐求婚。

小姐说:"我满脸雀斑,你真的不在意?"

金融家说:"与小数点打交道的我已习以为常。"

279. 试题

一位小学教师对她的男朋友说:"你上次写的信,我给编进语文期中考试卷了。这道题能全面检验学生们的语文水平。"

男朋友问:"你是让他们分析语法,还是解释成语。"

女朋友答:"我让他们改错。"

280. 不言则已

一位以害羞出名,见到女孩子就不敢说话的朋友,在一次舞会上碰到了一位小姐后,竟然宣布他们订婚了。

"是这样",害羞的男孩说,"我和她跳了三次舞,我想不出要说什么话。只好向她求婚了。"

281. 取长补短

有位姑娘提着高跟鞋走进木材商店,请店主替她把鞋跟的软木锯短一些,店主照办了。

过了一个星期,姑娘又来了,她问:"上次你们锯下的那两块软木鞋跟还在吗。"

店主对这个要求很感惊讶,便问其原因,姑娘说:"噢,这个星期我换了个男朋友,比上星期那个高多了。"

282. 惊喜

一个士兵爱上了一个女子,他对那个女子说:"明天我会给你一个惊喜。"女子十分高兴。

第二天,士兵开了一辆坦克来。女子生气地说:"原来你给我这个东西。"士兵说:"我给你表演!"说着开了一炮,把女子的房子打烂了。

283. 机场更美

晚会上,一位姿容秀美的姑娘脖子上挂着个飞机模型项饰出现了。

这时,有个空军军官对此大为赞赏,目不转睛地看着,姑娘都有点不好意思了,便问他:"你是不是觉得我这架飞机好看呀。"

"小飞机的确太美了,不过,那机场更美。"

284. 出于良心

一对青年男女,刚从结婚登记处领证回来,他们在路上交谈着。

男的得意地说:"亲爱的,你真美!不过出于良心,现在我得告诉你,上次我领你来我家里看的那套红木家具,以及华丽的摆设,我都是向别人家借来的。"

女的说:"没关系。出于良心,我现在也得如实告诉你,刚才登记证上写的是我姐姐的名字。"

男的大吃一惊:"是上次在你家看到的那个令人讨厌的丑八怪吗?"

女的说:"千万别再这样称呼她了,她现在是你的妻子啦!"

285. 不敢高攀

一个少年长得很秀美,风度极佳。许多富贵人家都想攀他做女婿。

其中一家更派人直接对他说:"我家小姐貌美贤良,想与你攀亲!"

少年深深鞠躬说:"能够高攀大户是很幸运的,不过这件事还得和我妻子商量一下!"

286. 套话

新郎文质彬彬地向大家欠了欠身,说:"我衷心感谢大家在百忙中参加我们的婚礼,这是对我们极大的鼓舞、极大的鞭策、极大的关怀。由于我俩是初次结婚,缺乏经验,还有待各位今后对我们多多帮助、扶持。今天有不到之处,欢迎大家提出宝贵意见,以便下次改进。"

287. 初次约会

腼腆的小伙子初次同姑娘约会,可怎么也找不着话题。

终于,他开始同姑娘交谈了:"您的母亲生活得怎么样?"

"谢谢! 她很好。"

"父亲呢?"

"也挺好。"

"兄弟和姐妹呢?"

"谢谢! 他们都生活得不错。"

小伙子又无话了。

这时姑娘提醒他说:"我还有爷爷奶奶呢! 您怎么不问了?"

288.如果天不下雨

一个小伙子写信给他的女朋友:"亲爱的,为了你,我准备奋不顾身地横渡大洋,毫不犹豫地跳进深渊;为了见到你,我要克服任何困难……星期天我准时到你那里去,如果天不下雨的话。"

289.同悲共喜

商人叮嘱老婆,如果他做生意赔了本,就把屋子弄得灯火通明,相反的话,则只是点一支蜡烛就行了。

"为什么这样呢?"老婆不解地问。

"我赔了本,其他人该生气,"他解释道,"让他们生气的唯一方法就是让他们看到我家灯火通明,以为我赚了好多钱。"

"那你赚了钱呢?"

"如果我赚了钱,那我当然要他们高兴,只点一支蜡烛,他们会认为我快要穷死了,一定会乐得跳起来!"

290. 教育机会

老张在电梯里注视一个美丽的长发女郎,目不转睛,张太太非常不高兴。

突然,那个女郎转过身来,给了老张一个耳光,说道:"我教训你下次别偷捏女孩子。"

当夫妇俩走出电梯的时候,老张委屈地对太太说:"我并没有捏她呀!"

"我知道,"张太太说,"不过,我捏了她。"

291. 扑克

丈夫:不知为什么,晚上我一看书就打瞌睡,想学习总学不成。

妻子:你把扑克放在桌上就行了。

丈夫:没听说过看扑克能提神。

妻子:你不是经常打扑克到 12 点都不觉得困吗?

292. 涂药膏

丈夫:我将医生开的药膏涂在手上,我的手变得灵活多了。

妻子:真的吗? 那赶快给你脑袋上也涂一些。

293. 谁是你的夫人

妻子总是怀疑丈夫有外遇,趁丈夫不在家的时候,偷看了他的日记,找到了充足的证据。

待丈夫下班回家后,妻子又哭又闹地质问:"谁是你的夫人?"

丈夫听了感到莫名其妙,回答说:"除了你,还能有谁呢?夫人?"

"哼! 你说得比唱得还要好听,你为啥在日记中称一个叫居里的人为夫人。"

294. 找火柴

从前有夫妻二人,非常会过日子,可奇怪的是,他家的日子一直过不好。

有一天晚上点灯时,妻子不小心掉了一根火柴在地上,丈夫听说了,非常心疼,急忙叫妻子划着火柴满地找。

结果,一盒火柴划光了,掉的那根火柴才找到。

他十分自信地教训妻子说:"只有这样注意一点一滴的节约,日子才能好起来。"